雷平陽

诗人，1966 年生于云南昭通，现居昆明，著有作品集多部。曾获鲁迅文学奖等多种奖项。

普洱茶核心產區之精神檔案
勐海味舌尖寫就的身體傳奇

為茶神在山上一書而題

謝有順

雷平阳◎著

茶神在山上

勐海普洱茶记

云南出版集团
雲南人民出版社

目录

自序 / 001

20年前的那个秋天，我与一个朋友应邀前往勐海，在那儿漫游了一个月左右的时间。我们去了布朗山、巴达山、南糯山等等当时还笼罩在层层迷雾中的普洱茶世界的奇峰，在人们无视普洱茶存在的苍茫背景之下，第一次在神话诞生的实地对普洱茶的文化源流进行了认真的梳理。筚路蓝缕，怒海凿舟，依靠有限的资料和现场的体察及访问，朋友摄制了一部关于勐海茶厂的专题纪录片，我则在次年写作、出版了瑕疵与创见相当的《普洱茶记》一书。

当时的勐海难言是茶都，茶厂、前来寻茶的商贾不多，茶价也很低微，真正以茶为生计者少。我们一行人从布朗山所在地勐昂花一天时间步行至老曼娥和老班章，茶农以数公斤最好的老班章古树茶作见面礼，竟然无人收受，理由是林深、无路、沉重，无法山一程水一程地将它带回勐海县城。站在勐海茶厂班章初制所门前的空地上，看茶叶基地的工人们的歌舞表演，我的第一感觉是我被人带到了另一颗星球上，那些喷薄而出又被紧急收回的歌舞语言，从土地伦理学的角度向我呈现出了一种荒弃中的孤独，一种以欢快的形式胆怯地传达的苦恼。即使他们得到了布朗山神灵的许可，任由他们获取来自天空或未来的无限想象力，在当时他们也断然不敢想象：他们于三垛山上采摘和初制的茶叶，压制成饼之后，比如“大白菜”和“班章六星孔雀饼”，20年后就会卖到人民币1800万元一件。人们的想象力比之于现实世界的剧烈幻化，实在是太苍白也太羞怯了。

“故地重游”或“重返现场”，在精神史上一直是人们证实思想依据、寻找情感皈寄和记录时间断面的一个有效途径。我之后的一次次重返勐海和这一次在物是人非、物非人是的激烈现场上所做的勐海梦游，大抵也可以看成是我对思想依据、情感皈寄和时间断面兴之所至的反复体验与确认。时光之书每日均在增加其页面，尽管其内容并无什么绝对的个案式的新鲜事，可在它那流水账一样的冰冷的语句中间，敏感的阅读者肯定还是可以找到变化中的真理似的异端：自我的多次否决、思想的死灰复燃或划归于谬论、镜子里的狮子来到了山野中、令人醍醐灌顶的佛爷还俗、满脸笑容的人下落不明而怒目圆睁的人正站立在道路的中央……我的书桌摆放在风暴眼里，很多个不眠之夜我都试图说服自己：在沸反盈天的时刻，写作本身完全不蔑视对时间差所带来的低俗生活的变化进行有效的记录，相反类似的记录可能更有道德感、文献性和普世价值。可我还是没能说服自己，20 年前的所见所思终止于《普洱茶记》，20 年后，我无心于时间和世相的对照，仍然着迷于写作的临场感与黏着性，希望自己只关注“现在”并尽力将它描述出来，使《普洱茶记》和《茶神在山上——勐海普洱茶记》形成两个彼此独立的时间断面。它们中间存在着不少的传说般的山水课程和人事忏悔录，均被我选择性地放弃了。写作此书的过程中，“末端的前沿·雷平阳作品研讨会”在西双版纳召开，茶人邓艳波特意为研讨会制作了一款品质优异的纪念茶，问我这一生一熟的茶品应该取个什么名字。我未做任何思索，便说：“就叫一蓑烟雨任平生吧。”其实，这也就可以视作我对“烟雨”的态度和茶山画卷的体认。当然，妥协是存在的，那就是为了方便读者深入地了解勐海及普洱茶，我在书里增补了几章之前写作勐海茶山的文字，不是简单的“重现”与“对照”，而是让它们与今天的文字形成体例上的互补关系。

普洱茶在茶叶市场上的兴旺，无疑改变了与之相关的很多企业与个人的命运，也令其优异的品质得以楔入到更多普罗大众的日常生活中，让“勐海味”成了味觉美学的一个标准。但我们，特别是茶山里的人们也得为之承担与所有好处同时抵达的坏处：茶叶理论的利己化、制茶工艺与流程的功利化、茶山管理的反环保化、营销环节的人性荒漠化等等。它们无一例外地开始挑战布朗人、拉祜人和哈尼人倾心信奉的茶山之上的神灵，也无一例外地暴露出了它们蚁噬澜沧江两岸一棵棵古茶树的恶灵本性。而且，在它们的身后，拜物教的祭坛越筑越高，信徒越来越疯狂。在与彭哲、邓艳波、刘应枚、陈剑峰、郑旺强、樊露和崔琳等深深挚爱勐海这片土地的人士交流时，我不止一次表述着这样的观点：在一部分人丧失敬畏之心公然视歧路为正道的时间段上，有权机构的失察固然令人抓狂，但茶山众神在现代文明中的失位更值得人们重视。我并不主张文明重返源头，让“神灵”主宰世界，相反我始终期盼工商文明中有关买卖的不可违背的要义之光尽早降临茶山。茶神在山上，虽说其本义缘起于万物有灵的茶山文化传统，可“茶神”在承担山神身份的同时，还意味着今天的道义、诚信、律条与良知，如一尊多面佛，肃立在众路分岔的地方。需要说明的是，在此书中，我一如既往地书写了多位我所接触的茶人展示在我面前的一个个侧面，这并不是说他们的茶叶观就是我所推崇的理论圭臬。事实上，他们的言行当属茶山文化系统中的一个个组成部分，并不代表我的观念，更非众多可能性中的不二法门。书写他们，或让他们介入某些敏感话题的争论，目的乃是为了尊重各种声音、各种立场和各种价值观的合法性，进而显现出立体的、多维的茶山现实。

写作此书时，2019 年的明前春茶已经入市，有易武山的茶人朋友寄来了半斤，让我尝鲜，说是以此对我在书写普洱茶书时遗漏古六大茶山的做法进行“傲慢的惩罚”。我欣欣然从之，并认为这样的惩罚，或许会激发我再次书写古六大茶山现状的愿望。写与不写古六大茶山，其实一点儿也不重要，重要的是，现在完成的这一本书，自始至终，我的心一直悬着，总觉得自己所取的旁观者立场未必更靠近事实。所以，凡疏漏、偏狭、妄想，敬请阅读者指正！最后，我还想说的是，喝茶是人类最本能的欲望之一，它不仅仅可以否认世界的重量，还可否认人生的复杂性，这应该是我写作茶书的基本原因。如果因此带来重量与复杂性，那则说明我又做了一件与愿望相违的事情。

雷平阳

2019 年 9 月于昆明

巨石上的曼糯山

一

他叫岩迈，43 岁，做了爷爷。

我们站在他的家门口，也就是“茶道布朗哥古茶坊”的门口东张西望。他家所在的曼糯大寨有 120 户左右的人家，位于曼糯山的中上部，往上是古茶园通往天空，往下则是几十公里长的斜坡直抵澜沧江边。斜坡上，传说中老虎成群的原始森林已经荡然无存，褐红色的土壤在零星的杂树、秋收后发黑的玉米秆叶和残留着一半绿意的荒草间坦然暴露，散发着觐拜阳光时眩晕的色泽。澜沧江的对岸就是人们说的“澜沧山”，隶属于普洱市澜沧县。山是绝对的大山，岩迈说，祖辈的人从曼糯大寨去普洱卖茶，需要三天左右的时间，而翻越这座山就得用去一天，而且时刻都得提防滚石、深渊和树林中孤独地游荡的孟加拉虎、野象和熊。这山上堆满了白云，仿佛墨绿色的群山之上又存在着白色的群山，一如真实之山的魂魄。宋仁宗庆历八年（1048 年），时任扬州知府的欧阳修，于蜀冈中峰筑堂，平视江南诸山，取堂名为“平山堂”。我今于曼糯大寨，站在岩迈的身边，眼中、心头也生出了“远山来与此堂平”的大象。可还是明白，古茶坊终究不是平山堂。诗词与文人的骨头筑堂，古树茶与布朗人的神魂建坊，本无品质参差，在不同的甚至是两个平行的空间之内，它们分别成峰巅，但时间史与精神史肯定倾向于平山堂，而我们也不能对此心存质疑。因为质疑、否决、摧毁所产生的黑洞，即便时间也难以填空。

岩迈用手指指着斜坡上的5个地方，说这5个地方曾经是5座缅寺，但只留下了5口水井，其中一口水井名叫“小和尚井”。5座寺庙不是毁于水灾或兵燹，几十年前，有人让筑庙的和塑佛像的人，亲手拆除了庙宇与佛像。有布朗人的寨子必有庙宇，曼糯大寨没有了，那5个地方重归荒野，在5个寺庙里当过小和尚的人，做过大佛爷的人，或早已仙逝，或垂垂老矣，把浩浩荡荡的子孙留在了没有寺庙的浩浩荡荡的群山之中，生命与生活重新回到了它们的源头。

二

在勐海县的茶山格局中，海拔1300米的曼糯山只有2000多亩古茶林，产量16吨左右，其规模甚至可以忽略不计。2003年春，当岩迈到某茶厂请来几位制茶师傅教人们采摘、杀青、揉茶、压饼等工艺时，这些外来的师傅也才发现这座迷雾笼罩的山冈上，不仅暗藏着好茶，还暗藏着勐海茶叶销往内地的一条秘密通道。而且，在与耄耋老人的交流中，他们还发现，他们所传授的技艺，曾经是这座山上人人通晓的常识，无非是常识归于尘土，他们才获得了重新布道的机会。2005年，岩迈不满足于原料销售所获得的微薄利润，创建了曼糯茶山的第一个茶叶品牌“曼糯古茶”，自己压饼向外销售，带着自己的茶饼，独自闯荡昆明、广州、青岛等地的一个个茶博会。至2011年，在“老班章”等勐海众多如日中天的品牌纵横天下的时候，其“曼糯古茶”竟然在本县举办的“茶王节”上摘得了两项金奖和一项铜奖。“条索紧结黑亮，香气高扬持久，杯底留香独特，汤色金黄明亮、饱满，苦、涩明显绵长但回甘悠久，山野气息强劲，叶底黄绿匀齐”，有此特点，曼糯古茶开始令人瞩目，价格也因此从几十元一公斤飞涨到了现在的 1600 元左右一公斤。

在谈论曼糯山古茶异峰突起之时，也许只有岩迈请来的那几位制茶师傅领教到了进入时间迷宫后的山野文明的悲剧性。曼糯山所属的勐往乡，现在看来，它仿佛西双版纳与普洱市之间群山里的一块飞地，隐匿、沉默、鲜为人知，是大千世界背过去才能看到的一个角落，而且是心脏边的向内的角落。可在两千年左右的中缅伐附史上，它一直在“骠国”与“蒲甘国”内附的交流畏途上扮演着澜沧江南岸最后一站的重要角色。明朝在缅甸设置缅甸、孟养、木邦、八百大甸、底马撒、大古剌等宣慰使司，并同时在中缅边境一带设置孟密宣抚使司、蛮暮安抚使司、孟艮御夷府、里麻长官司、茶山长官司、车里宣慰使司等“三宣六慰”，勐往也一直是车里宣慰使司（辖今西双版纳州、普洱市和老挝部分地区）澜沧江之南（俗称“江外”）广大地区北上的重要驿站之一。清乾隆二十七年（1762 年），脱离传统内附格局的缅甸雍籍牙王朝在缅王莽继觉的主持下，派兵进入云南九龙江和滚弄江的耿马、孟定、车里等地，征收花马礼贡赋，挑起了历史上著名的中缅“花马礼战争”。这场战争开始时清政府不以为意，认为只是“莽匪”对清王朝边疆的普通性骚扰而已，直至 1765 年 12 月 21 日云贵总督刘藻接到普洱镇总兵刘德成、署普洱府知府达成阿关于缅军入侵车里的急报，并令部属全力征伐，这才标志着“花马礼战争”全面爆发。缅军三路进犯，一路由勐龙滋扰九龙江；一路由勐捧、勐腊进兵橄榄坝；另一路则由勐海挺进勐往，直抵车里江（澜沧江），威逼普洱。刘藻一方面督军御敌，一

曼糯山

方面上书乾隆。乾隆也在其给刘藻的谕旨上批示："此等丑类，野性难驯，敢于扰害边境，非大加惩创，无以警凶顽而申国法。刘藻等既经调兵进剿，必当穷力追擒，捣其巢穴，务使根株尽绝，边徼肃清。恐刘藻拘于书生之见，意存姑息，仅以驱逐出境，畏威逃窜，遂尔苟且了事。不知匪徒冥顽不灵，乘衅生事，视以为常。前此阿温、波半、扎乃古一案，未尝不重治其罪，甫经半载，仍敢怙恶不悛，即其屡扰边界，已属罪无可逭。此次若复稍存宽纵，难保其不再干犯。养痈遗患之说，尤不可深以为戒。著将此传谕刘藻知之。"（《乾隆朝上谕档》）乾隆下谕，刘藻自然也纵马三路迎抗缅兵，殊不知九龙江、橄榄坝两路清军连战连捷，由何琼诏、明浩和杨坤三将统领的勐往一线清军，渡江冒进不说，还将兵械捆载而行，将弁徒手，掉以轻心，视"莽匪"如无物，大摇大摆地前去御敌。没想到，军队刚至勐往，便遭到了"莽匪"的四面伏击，明浩受伤，何琼诏、杨坤下落不明，清军大败。"勐往溃败"，导致后来败归的何琼诏等三将被斩，也致使云贵总督刘藻降职并羞愧地自刎于普洱。最为严重的是，它直接导致了这场战争进入了持久战。战争过程中，接任刘藻的陕甘总督杨应琚也因"欺罔乖谬，不能任事"而被赐死；接任杨应琚的伊犁将军明瑞也在对缅战场上身负重伤后引刀自杀；之后，接任明瑞的川陕总督傅恒则在战争结束前夕染病于缅，班师回朝后几个月不治而亡。与此同时，清军入缅作战死亡 2 万人以上，马匹损失 6 万匹左右，清廷拨付军需银 1300 多万两……

"花马礼战争"是一笔糊涂账，缅方说自己大捷，清廷亦将其列入"十全武功"之列，说自己全面奏凯。以今天的视角来看，这场战争其实就是一柄双刃剑，拦腰砍过，双方都为此流出了大量的难以回收的鲜血。而在评判战争过程中致命的战役性节点时，“勐往溃败”肯定应该视为将清军推入战争泥潭的第一块滚石，也就是多米诺骨牌游戏中倒下的第一块骨牌。摊开云南地图，你就会发现，澜沧江由北向南一路劈山裂野，至普洱和西双版纳一带，更是将国家版图上花团锦簇的边地活生生地切成“江内”和“江外”两个区域，“江内”依附于内省，“江外”则毗邻缅甸、老挝、越南。勐海一县均在“江外”，孤悬之地也，而勐海之勐往乡，则处在勐海的最北端，隔江而望普洱。内省人南下，过澜沧江，踏上“江外”飞地，经勐海而走夷方，第一脚必然踏到的就是勐往的土地，“骠国”人，蒲甘人，“江外”国民，由车里朝北走，前往长安、金陵、北平，勐往自然也是江外最后的驿站之一。因此，岩迈才会说，祖上的人们背茶去普洱销售，同时也有内地人成群结队地渡江而来，到勐往收茶。那些人到了勐往，一人随身带着一个布口袋，白天收茶，晚上就缩进布口袋里在路边或街头呼呼大睡。著名的普洱茶专家彭哲也多次与我说过，在澜沧江上没有架设桥梁之前，民国乃至清代，地处“江外”的勐海和景洪等众多茶山上的茶叶，很大一部分都是经由勐往而销往内地的。天籽山主人李旻果祖上是思茅人，她一直在写一本名为《老虎与茶》的书，叙述与重现她的爷爷赶着马帮往来于思茅与勐海之间运茶的传奇故事。老虎出没于大江两岸的山峰之间，出没于勐往、勐拉和勐阿，爷爷和茶是幸存者……唯其如此，在民国时期，勐往曾设思普边行政分局、殖边分署、临江行政区和临江设治局等更替性机构，1949 年一度设宁江县府于此。

在彭哲与李旻果诸君的口述中，勐往和曼糯茶山，其风云际会的画卷之上，那明灭不休的人影，无论是走夷方的、戍边的，还是逃亡的、贩茶的、原生的，他们的身上无一不携带着茶叶，无一不飘荡着茶香。“我始终认为，那曼糯茶山的布朗人，真正杰出的种茶人、制茶者，一代代往上推，只会是越往上的人越优异，越往上的人越是与茶树合二为一的，是茶神的儿子。茶道和茶技的传承，越往下，渐渐地丢失了很多精髓，直至因为诸多的原因而失传。今天的兴旺，可以说是久旱之后龟裂的焦土上又生出新的生命……”彭哲说。随之长叹一声。

三

勐往，《勐海县志》云：“傣语地名，意为湖泊变成的平坝。”岩迈告诉我，应该是“湖泊变成的长满了稗子的平坝”更贴切。在布朗人的精神史上，平坝出现之前的湖泊是一个巨大的鱼塘，人们以捕鱼为生。某一天，释迦牟尼从此路过，见人们在与大风大浪的湖泊的搏斗过程中总是处于劣势，生活品质极其低下，便用手杖击破了北岸上高耸的山脉，让湖水流入了澜沧江，一片金色的土地因此呈现在了人们的面前，而且，这片土地上长满了稗子。那金色土地的旁边，高高的山峰名为曼糯，上面长满了古老的茶树。在我们立于茶树林间，眺望带状的勐往平坝时，岩迈神秘地告诉我：“看到这些茶树，释迦牟尼非常开心地笑了，并悄悄告诉我们布朗族的祖先：你们就住到那茶树生长的地方去吧！于是，我们布朗族人就一直住在曼糯山上，把长稗子的平坝留给了傣族人！”

古老的茶树上长满了金叶子，布朗族人可以依靠它们繁衍生息，可它们的祖先在辟世之初未必知道，在分配应许之地时释迦牟尼其实一点儿也没有偏心。那些交付给傣族乃至阿卡人的长满稗子的土地，后来孕育出来的东方稻作文明，其对人类的贡献甚至远大于茶叶文明。所谓“稗子”乃是目前世界上硕果仅存的原生稻，化石级的稻谷。肥沃丰饶的勐往坝子经历了长期的精耕细作，“稗子”显然已经很少见了，可在勐往一个名叫“野谷塘”的地方，却有着一个面积3000亩的国家级“勐往野生稻保护区”，密林中、湿地里、山坡上，到处生长着药用野生稻和疣粒野生稻，其崇高的科学价值、人文地位和生态人类学意义，使之一直是相关领域内无数学者心目中的圣地。简化来说，当河姆渡、良渚、屈家岭、石峡和龙山等古老的稻作遗址，只能通过显微镜从炭化米中去寻找野生稻的DNA，并以遗传学的方法论去鉴别稻谷细胞质内叶绿体的遗传因子DNA的酶切片中籼稻和粳稻之间的差异，进而继续向时间的上游去搜索两种稻物的祖先时，在西双版纳的照叶林中，在勐往的鱼塘边上，经历了无数次进化与杂交的稻谷的祖先们，还在以最古老的血统生生不息地繁衍着，每一根幼苗破土，天生就拥有着祖先的身份。

稻作起源学，20世纪60年代，日本稻作研究家渡部忠世根据野生稻的分布，水稻的原始品种和籼稻、粳稻的分化、演变，糯稻栽培圈和原始农耕圈的关系，推论出“籼稻和粳稻以及其他种类的稻米都起源于阿萨姆·云南地带”。他认为稻作由此向长江中下游传播，最后传到日本。往南经红河、湄公河和萨尔温江河谷传至东南亚；往西经布拉马普特河传到印度。其学说与佐佐木高明的“照叶树林文化论”互相映照，成为当时日本文化寻根热潮中的显学，云南特别是西双版纳一带也因此成了日本众多文化学者魂牵梦萦的

曼糯山

文化源头。为了确认野生稻的种类及其分布，观察其变种，并了解自古以来栽培稻品种的性质，1982 年 11 月上旬，佐佐木高明、渡部忠世、藤井知昭、田边繁治、矢泽进、高桥彻和周达生等人前往西双版纳进行了短期的田野调查。因各种因素的限制，他们一行只能在景洪周边地区进行实地调查，但还是在南糯山半坡村和景洪曼广龙村的山坡上、路边上、水路中和水田里发现了疣状野生稻和普通野生稻的身影，还在南糯山一户僾尼人家的粮仓中发现了水旱未分化的冷山谷稻种。由此，渡部忠世更加坚信了自己学说的正确性，并在南方丝绸之路、茶马之路、海上陶瓷之路等东亚文明走廊概念之外，提出了“稻米之路”这一概念。当然，也就是在他们为继续夯实“稻米起源于阿萨姆·云南地带”学说基础而奔走的同时，他们的学说被中国学者严文明和王在德，乃至日本学者佐藤洋一郎和藤原宏志等人的研究成果推翻了。同样是 1982 年，《农业考古》杂志发表了严文明教授的《中国稻作农业的起源》一文，他认为稻作文明的源头是河姆渡，并且不可置疑。其他中日学者均以河姆渡稻作遗址的诸多研究作为佐证，一场公案渐渐归于平息。人们也又一次趋同于稻作文明由长江中下游反向传播和向四周传播的观点，而视西双版纳的原生稻为活化石，并非文明之源。

汽车在勐往坝子无边无际的甘蔗林中行驶，与勐往农经站负责人李金平聊天时，我提到了一个观点：当河姆渡稻作文明找不到鲜活的野生稻标本作为古老文明的塔基，远在天边的勐往野谷塘却藏匿着众多的文明的母体。这说明了几个问题：一是这天边的土地仍然如岩迈所言，处于创世之初庄严的模样，文明的大江大河还没有彻底毁灭它们的源头；二是当延伸至极端乃至迷失的文明，必须前往勐往这样的地方来寻找自己的魂魄时，也许我们只能用释迦牟尼来应对一切；三是勐往乃至整个雨林地区在错失诸多文明的发展机遇之后，如果又一轮文明的崛起需要付出犁庭扫穴的代价，我们能否守住这神赐的乐土并又能与时间同步？

汽车驶离平坝，开始沿盘山路奔向云朵。车窗外昔日生长茶树的山丘，被一片片橡胶林所取代。富有戏剧性的是，几年来国际国内橡胶市场价格雪崩，众多的橡胶林主人割胶之时，树身上流出的是自己白色的血液，而茶叶价格却鬼使神差般一路走高，古树的、环保的普洱茶成为人们日常生活中的绿叶经。

四

一辆运载钢筋的卡车开上山来，其沉重、猛烈的引擎声，在午后曼糯大寨的乡村公路上就像饿虎的咆哮。山西诗人石头、岩迈和我等一行人，受不了它在身后的追随，索性走上一条分岔的草径，躬腰朝着山里行去。除了芭蕉和少部分乔木还泛着绿色，山坡上已是枯草和灰色玉米叶的王国。古茶树没有想象中那么状如密林，它们身上长着苔藓和石斛，零零星星地散布在向阳的洼地或斜坡上。香樟、榉木、栗树穿插其间，感觉就是盘腿而坐的罗汉群里多出来了一些站立的道士。

山上是清静的，就我们几个人。坡地上那些人们留下的痕迹，石砌的沟沿，树干上的刀口，人工挖出的无用的大土坑，丢弃的矿泉水瓶……也是清静的，其突兀的本质已经融入河山变异的人类的单向运动之中。荒芜，孤悬，处女地，乌托邦换身为异托邦，异托邦又沉沦为习以为常的人人得而诛之的热土。无论你有着怎样的出世之姿，有着怎样的铁石心肠，你都很难无视人们对一片片净土的剥皮抽筋和毫无节制的榨取。所以，当你发现那轻微的人与山峰之间的擦痕，人因为劳作的艰辛而对土地报以的一出出小小的恶作剧，你肯定不会站在河山雄阔的立场上对人们进行偏执的审判。一切都是清静的，当我们坐在枯草丛里眺望勐往平坝上待收的甘蔗林、反光的池塘与房顶、乡村公路上飞奔的车辆时，进入眼帘的万事万物也是清静的。包括头顶上的云朵，耳畔与芭蕉叶上若有若无的风，烈日与流水，洞穴与高丘。

我曾经到过北方、江南和沿海地区不少的小镇。在这些小镇所印制的地方性文字读物中，无一例外地会列数它们史上文治武功的风流人物、风云际会的史诗性舞台和笔墨反复点染的自然奇观，目的均是为了将一个小地方扩充为时间的故宫或重现小镇往昔一瞬即逝的某个神迹。自满与自傲的文字中间有肃穆、庄严的精神史，但往往也尘土飞扬，处处结了蛛网，腐朽的气息迷雾一样弥漫着、升腾着，对应着现实世界中无处不在的平庸与低俗。在使用文字的过程中，人们一方面破旧立新，敢于与天斗与地斗，孔庙遗址上建宾馆，祖坟之地修社区；另一方面又拒绝赞美这一切海市蜃楼般的物质天堂，频频地转过身去，让灵魂回归农耕文明时代的不复存在的古老家园。热爱的，就是鄙视的；拆除的，就是珍怜的。人们置身于一座座自己与自己决斗的广场上、深渊里。但是，无论那些文字如何的虚拟与粉饰，人们记忆中那一个个天堂里的小镇，作为历史中枢的小镇，再也不可能因为仿古建筑业的勃兴而恍兮惚兮地拔地而起。

拆除即终止，倒塌即消失，因为人们早已魂不附体，所作所为皆是灾难性的梦游与自焚。

顺着岩迈指示的方位，在阳光与云朵交织的景象中，我和石头隐隐约约地看见了曼糯山中和山外三条闪光的河流。曼糯山与澜沧山之间的那条名叫“南点河”，释迦牟尼用手杖疏通的河流；坝区里那条名叫“南往河”，释迦牟尼种满稗子的河流；我们正在前往的、已经听得见水声的这条名叫“南叫河”，最宝贵的水，是从释迦牟尼脚趾间流出来的河流。小说家苏童在一次论坛上说我是“狂热的地方主义者”，我欣然接受了这一对我的戏谑性的角色定位，尤其是在此时此刻，当我置身在这样的三条河流之间，感觉自己进入了那四条河流护卫的天堂。南无阿弥陀佛。岩迈不需要撕裂自身就安身立命于现在与过去融通的茶树林中。南无阿弥陀佛。我和石头不需要去陈述性的文字中间寻找镇静剂，就可以看见未来的时空里已经高悬着无数诱人的发光体。

我们气喘如牛，要去拜访的就是南叫河。它在一条整体山脉突然凹陷进而形成的幽森的山峡中。山峡两边的坡地像一本静谧的翻开的经卷，朝南的页面上耸立着巨石，一棵棵麻栗树、大青树伸着曲曲弯弯的苍老枝条，朝北的页面则已改造成台地，秋收之后，稼穑退隐，杂草和长着白穗的山茅草显示着土地未经改造前的面貌。河面的闪光点断断续续，大部分的空间被山茅草、构树和藤蔓所遮掩。那偶然形成的小瀑布，远远望去，像谁家娇野的媳妇在山涧中洗衣晾晒在岩石上的被单或白裙。我们看见了河流，可这一箭之远的距离，在沟壑间上下起伏，行走起来是如此的遥远，甚至多次偏离了方向。这正如曼糯山上原来信仰原始宗教的布朗人，当他们的祖先在天地之间塑造出了 80 多个鬼神并虔心敬拜之时，南传上座部佛教却给他们的祖先带来了让鬼神遁迹的另外的光，而他们的祖先也欣然地接受了这“文明的宗教”。自明朝中后期开始建庙、赕佛，把本来由原生诸神和众鬼掌管的万物心悦诚服地敬献给释迦牟尼，痴迷地朝着光源处匍匐行进，历经了数百年的往生、超度与再生，他们的祖先以及他们以为自己就此生老病死在了人类梦想的终极之处，生命永远隶属于通往释迦牟尼的那一条小径。然而，那一场文化浩劫并没有漏掉这片山野，寺庙被拆毁了，老佛爷还俗了，菩萨被扔到了密林的深处，很长一段时间他们徘徊在通往寺庙的那一条条小径上。是继续向推倒的菩萨垂首？还是将统称为“代袜么·代袜那”的山神、水神、棉神、火神、寨神、木神、鬼神、谷神、保护神、天神、猎神、船神和路神等众善之神一一请回？ 1995 年，有几个人从四川和贵州来到了曼糯山上，带来了即将洪水滔天的世界末日的恶讯，也带来了耶稣将派直升机来将人们接到天堂去的喜讯。当时曼糯大寨 90 户左右的人家却在徘徊之中抽身相信了恶讯与喜讯，因为有“兄弟姐妹”帮忙干活，人们将所有的家畜、农具和粮食都卖了，加入了世界末日前的狂欢并静候着蓝色天空里飞来一只只天堂鸟……

直升机并没有从天而降，上帝在这种以其之名而展开的带有迷信与幻觉色彩的宗教行动面前始终保持了沉默。所以，随着那几位“传教士”作鸟兽散，像做了一场美梦，人们醒来之后，第一眼，看见的仍然是环绕山峰的三条河流和释迦牟尼应许他们的一片片茶园。

● 曼糯山

五

去南叫河的路上，长期在五台山一带行吟的石头，按照其惯于独行的秉性，在距河流所在山峡一公路处的岔路口停了下来，四面望望，选择了刺藜交错的那条草径，一个人循着清冷的水声，消失在了几棵泡桐树的后面。岩迈虽然祖上是“龙头”，世袭似的做了村民小组长，可他的汉语远没有我想象中那么流利，与我在山道上做喘息式的交流，越发显得费劲、艰涩，所以，他尽可能地回避我的诸多提问。当我们来到相对宽敞、没有沟壑和树木遮蔽的山峡的边坡上，他的脚步哐啷哐啷地有力，朝着河流就是一阵向下的奔跑。而我只需望着他的背影行走，不再次迷路就可以了。

距河流近了，山上的一条条小径逐渐汇聚到一起，形成一条脚印重叠、路幅加宽、路面结实光滑的道路。道路两边，开垦出来的耕地上种着油菜和荞麦，在油菜与荞麦的中央，偶尔会有小屋那么大的巨石，而每一块巨石旁，也照例会有用木棍支起来的祭台，一个个盛祭品的竹篓因为祭日未至而空着，只有竹竿上悬着的黄色经旗在微风里轻轻拂动着。不难理解，在信奉南传上座部佛教的同时，其实布朗人仍然没有彻底丢开万物有灵的宗教观，繁杂的有着具体指向的俗务促使他们一直有求或感恩于原始宗教中掌管具体事务的众多鬼神。比如住在石头里的山神可以让这片荞麦丰收；比如木神可以让树木笔直地生长，使之成为房屋的栋梁；而水神负责灌溉又得祈求祂千万别将整条河流带到一片有限的耕地上来。

南叫河上，人们用几根圆木和几十片木板搭建了一座桥。河是一条小河，从山峡里的石砾与灰泥间流淌下来，水并不清澈，其平稳的河床上淤泥冻结了碎石，呈灰白状。岩迈沿着朝南的页面继续攀登，我站在桥上10多分钟，无所思，亦无所想，只觉得它与南糯山、布朗山和勐宋山众多的溪流并没有什么不同，甚至难以与那些落满鲜花的溪流相提并论了。不过，这说的当然只是外象，当一条河流通往神灵，来自释迦牟尼的脚趾间，它即使流淌着肉眼里的滚滚浊流，必然也会汇聚成甘甜的牛奶海。之后，我扒开河岸上已呈败象的山茅草、枯藤，踏着泥泞，走到河边并蹲了下来，用手掠水，本想洗洗脸上的汗渍，一转念，又没洗。这也才发现，南叫水的水其实是清澈的，无尘的，我所看见的灰白色，不是来自水本身，而是来自河床的淤泥与石砾。

在一块有三层楼高的巨石下，我赶上了岩迈。在旁边的一块石头上坐下，我用衣角擦着汗水，见他把鞋子脱下，放到草丛里，赤着脚就去到了巨石下方。巨石所在处是一个有着50度左右的斜坡，四周全是几百年上千年的榕树，它们撑开的古老树冠互相组合在一起，将天空隔在了更高之处。因此，巨石显得阴暗，裹在一层厚厚的苔藓内，有几束偶然透过树荫的阳光照射其上，倒像是它自身有着几个灯孔，向外喷射出几根光柱。我一点儿也不觉得突然，赤着脚的岩迈，一脸虔诚，闭目，合掌，在巨石下跪倒，头颅垂入草丛，口里似乎还念诵着什么。时间持续了10分钟左右，他站起身来，这才招呼我脱鞋走过去。巨石的下面有一口水井，他一边用竹瓢舀水，一边说，这口井里的水永远保持在同一个水位，谁也舀不完。他没有明确告诉我那是南叫河的源头，但我认定了那是源头。

我们沿着巨石旁边的一条小径朝上爬，先是见旁边的树林里建有一座亭子，里面摆着各种祭品，一条长幡似的布旗之上贴着南传上座部佛教中一尊尊菩萨的画像。爬至巨石之巅，阳光不再受蔽于树荫，猛然地照射下来，犹如天空里流来了一条黄金之河。我的心脏迅速地怦怦怦地跳动起来，喜悦如电流纵贯全身。是的，巨石顶上立着一座小型的金塔，在阳光里金光闪闪。金塔的旁边，铁一般坚硬的石面上，有着一个惟妙惟肖的脚印。

西定巴达：佛陀的茶园

一

故事流传到现在，人们已经忘记了故事的主人公是谁，只说是一位头人。日本兵从缅甸冲杀过来的时候，他率领西定和巴达几千个布朗和哈尼的好儿郎，渡过南腊河，加入了那场“天上下血”的血战。

日本作家远藤周作在其小说《深河》中，对中日军队在缅作战有过令人窒息的描述，绝望、逃亡、寻死，烤食信纸包着的人肉。时任滇缅公路管理局局长的谭培英所著的《血线》一书中也说过，作战的两军都杀红了眼，人都变成了鬼，鬼又以人的身体去肉搏，所以那一场“每一片树叶上都有至少三个弹洞”的战争，其实就是一群厉鬼与另一群厉鬼在杀戮。我以为类似的文字已经将这场战争中的杀人现场写到了极致，可这西定和巴达山中的故事又提供了另外一个版本：几千子弟兵一个不剩地战死在缅甸勐养和景栋之后，那位伟大的头人，浑身的弹洞向外流淌着热血，踉踉跄跄地返回故乡。他知道山中已经没有一个年轻的战士，便去找到耄耋之年的祭司，请求祭司将满山的亡灵召集起来，组建了一支抗日阴兵队，二渡南腊河，与日军展开了一场场看不见的或说单向的战斗。那些“死去了的人”，他们的仇恨与战斗力，至少是活人的两倍，手起刀落，日本兵毫无反应，头颅便像椰子或木瓜一样落了一地。待日本军队知道他们遇上了阴兵，所有的大炮对着空气歇斯底里地猛轰。对手隐形，死亡无兆，这仗打到最后，人们看见，缅甸的土地上，几乎所有的日本兵都在一刻不停地向身体的四周疯狂地挥舞着战刀，而阴兵也就不再动手，白鹇鸟一样悠闲地坐在树冠上，看着日本兵一一地累死在沙场。

战争已经过去70多年，但以缅甸乃至泰国为背景的故事，在这70多年的时间内一直没有中断过。“咚，咚，咚……”每天清晨6点，当隐修于章朗村白塔的73岁的大佛爷都当敲响钟声，召唤人们起床，曾经去缅甸和泰国谋生多年的村民小组组长岩布兴总是从床上迅速地弹起，稍事洗漱，出了门，便消失在白雾茫茫的茶山之中。30亩古茶园、20亩1973年种植的新茶园对他来说，随着普洱茶的起死回生，已经成功抵消了他前往异国他乡去拼命求生的财富梦想。白象寺环寺走廊的墙壁上画满了有关佛教故事的壁画，都当的徒弟，大佛爷都应正在寺庙与僧舍之间的空地上，用金粉把青砖粉涂为金砖。我和岩布兴在走廊上边走边聊，他说：“我只想精心地照料好这50亩茶园了，佛经里说，树上会结出金叶子，说的应该就是茶树。如果这金叶子不再变成普通的树叶，什么缅甸、泰国，我才不愿意再到别人的土地上偷偷摸摸地挣取血汗钱……”

白象寺是章朗的总佛寺，在其东大门旁边的一块大理石碑上刻有题为《西定章朗白象塔、白象寺的由来和传说》的碑文：

> 传说，在1365年前，佛祖释迦牟尼派弟子玛哈洪、牙南坎平乘白象周游世界传经（三藏十二部贝叶经）。当他们来到缅甸景栋一个叫“庄董”的地方时，豁然发现这里的风景如画、气候宜人，可谓人间仙境。牙南坎平被这里的风景迷住了，再也迈不开归家的脚步。于是他想，反正自己年事已高，回去后将不久于人世，倒不如在这里享几年晚福，再则也可以在这一带传授经文，一举两得未必不

西定章朗村

是一件好事。于是两人合计后，牙南坎平便留在了缅甸景栋，而玛哈洪则独自赶着大象踏上了征程。日夜兼程，跋山涉水，历尽千辛万苦，克服重重困难，终于在一个烈日炎炎的中午踏进了“嗯巩踩多”（现章朗所在地）的山。

这一天，天气异常炎热，加之路陡坡急，几天的长途跋涉，直累得玛哈洪和大象气喘吁吁，口冒火烟。当行进到“坐座掌”时，大象趴地一动不动了，玛哈洪顿时傻了眼，心急如焚，（心想）难道与自己相依为命的大象就将这样死去了吗？情急中，在玛哈洪的脑海中忽然闪现了菩萨的身影，他赶紧盘腿打坐，双手合十，嘴里念念有词地诵经念佛，祈求菩萨保佑人象平安。不一会儿，大象骤然站了起来，并使劲不停地在它趴过的地方（用脚）猛刨。一会儿工夫，只见一脉清凉的水喷涌而出（这里后来被当地居民称为“大象井”）。于是玛哈洪和大象喝了个够，又洗了澡后，继续行路。当地群众称水井为“那么着章”，即“大象井”。这口井一年四季永不干枯，现所在位置距离白象塔约 3 公里。

但是，来到“嗯巩踩多”山（现章朗佛寺所在地）时，大象再次坐卧不起，还一个劲地头点地，好像对你说什么。玛哈洪见状，立刻领悟，他认为这是佛的旨意，必须得在这里建座佛寺、立寨子。他还嫌户稀人少，又赶去“嗯巩木克”（地名）动员“浓波”（章朗寨的先民）人也搬来共同建寨立佛。征得大家的一致同意后，于是建起了一个全新的寨子，并取名为“章朗”（大象停坐的地方），并

> 推举板拥人为“召曼”（头人）管理本寨事务，推举“浓波”人为“召坚”管理章朗这片土地。从那时起，章朗寨的先民经过近 1400 年的繁衍生息，就形成了今天的章朗村。
>
> 当年，玛哈洪所乘白象在进山觅食时，在一块石头上滑了一跤,被它踩滑的那块石头上留下了几道深深的趾印，故名象滑石。如今，这些痕迹仍依稀可辨，当地居民以它为圣石，年年作礼朝拜。

村庄史和寺庙的源头都是传说，一如头人统率山中的亡灵赴缅作战，在需要铁证方能支撑起来的物化世界里，这仿佛医生在处方笺上向病人提供梦境、祷辞和幻觉，绝大多数的病人不可能从中获得康复的机会，但其弃绝俗尘、将冰冷世界转化为传说世界的精神取向与方法论，足以超度那些布满弹洞的灵魂，使之活命在俗世之间又拥有着一个自由的天国。

二

佛海空深，但寺庙是有劫数的。

玛哈洪创建白象寺，以为建起来的必是形神兼备的另一座须弥山，而其也果然历经千年的光阴和布朗子孙的崇信，梵音不绝，宝相庄严，蔚为奇观。然而，50 多年前，那场焚毁十方的烈火并没有漏掉这天地间最为僻远的角落，嗯巩跺多山上，金碧辉煌的圣殿瞬间就变成了废墟。佛爷与和尚被遣散，20 岁左右的都当不想还俗，托钵于手，一袭袈裟，在一条条纵谷、丘峰和人迹稀少的密林中奔波数日，这才过了南腊河，问佛于缅甸勐养与景栋的一座座寺庙，最终落脚于庄董寺。当然，都当南渡的线路从来就是一条不能留下脚印的古道，祖先，祖先的祖先，无数的人在走投无路时都曾踏上这条道路，“穷走夷方急走厂”，前往东南亚诸国去冒险求生。即便是都当出走之后的许多年，迫于生计，在众多的农民进城务工，前往江南和东南沿海的大潮背景下，章朗村的岩布兴这一代人，多数选择的也是前往缅甸和泰国。距章朗不远的另一个寨子名叫曼迈兑，67 岁的老支书岩书图告诉我，从 1958 年吃“大锅饭”开始，寨子里分批分批地出去了很多人，至 20 世纪 90 年代初期还有 300 多个年轻人去泰国或缅甸当花工，去造纸厂、电子厂当工人。这些出走的人，在泰国清迈建起了有近百户人家的村庄，在缅甸景栋也建起了分别有 30 户人家的 3 个村庄。他们在国外繁衍生息，曼迈兑的布朗人已经发展到 2000 多人，其中有 50 户左右入了泰国籍，有人当兵，有人做了法官。让人高兴的是，20 世纪 90 年代出去的这一拨年轻人，最近 10 年陆续归来了，只剩下了老人和孩子的寨子又能看见小伙子们、年轻的姑娘和媳妇忙碌的身影了。通过自己的劳作，他们在寨心的四周建起了一座座西式与布朗族建筑风格相结合的小洋楼。他们为什么回返？因为茶叶，与岩布兴一样。

人们因为茶叶重归故土。1984 年，34 岁的大佛爷都当从缅甸动身，山一程，水一程，行走的路线就是玛哈洪骑象而行的路线，自然也是抗战阴兵往返的路线，但他没有玛哈洪前往未知之域时所怀有的传法使命，也没有阴兵凯旋时人们的肉眼看不见的狂喜。国家的宗教政策改变了，回章朗，他只想借众多赕佛者的功德，在嗯巩跺多山的废墟上，尽快恢复重建白象寺，让山水之间的信徒与众生重获一个礼佛的道场。现在，这座寺庙，因为有了30年左右的佛光惠泽与信众供养，已经看不出恢复重建的痕迹，仿佛它原本就是玛哈洪创建的那一座。东面和北面的山坡上古木森森，南面与西面靠近寨子，也都有巨云般的榕树与凤尾竹拱卫，西南那道从洼地里的寨子中沿着斜坡升上来的石梯，既有鲜花簇拥而营造出来的喜乐气氛，也有着从红尘前往圣洁之地必有的肃穆与庄严。大殿安宁，旁边的屋舍中不时闪过小和尚穿着绛红色袈裟的身影。走廊外的一张木桌上，一个10岁左右的小和尚眉目如画，正潜心做着学校布置的作业，我低头去看，他掠起袈裟盖住了作业本，但我还是抢先看见他做的是数学作业。不是礼佛的时间，也非“考瓦沙”和“奥瓦沙”这样的重大宗教节日，寺中没有他人，一切都属于佛陀……我赤足行走其间，偶尔会踏入庙檐间照射下来的块状的阳光之中，它们炽热而又安详。再往寺外的空地上看过去，阳光愈发的金黄、灿烂，无数个瞬间我都深感那传说中的过去并没有中断过，阳光也不是来自天上，而是从这寺庙所在的地下源源不断地涌出。仿佛这儿就是人世的尽头，我们最后的安息之所。可在岩布兴看来，现实里的极乐之壤，尽管它是光的源头，但其慈航之旅一直有赖于大佛爷都当在俗世里的奔波与法行。

时间抹平了毁损与重建之间的沟壑。然而，在1984年开始恢复重建白象寺的多年时间内，由于宗教机构出资和民众赕佛产生的经费存在一定的缺口，都当又曾4次前往缅甸、泰国去化缘，而且化缘的对象主要就是外出打工的同胞。我对化缘这门功课一无所知，在东亚目睹过的清晨的托钵僧，他们身着鲜艳的袈裟，沿街逶迤而来，华美，温暖，我觉得那仿佛是佛陀的使者出巡。在游历江南古刹时，

● 劳作中的西定曼马村村民

亦曾结识过一个年轻的和尚，自述其曾在云南南方雨林中做过托钵僧，猜测他的目的，琢磨他的言语，似乎他也只是把做托钵僧的经历作为修行和遁离的一课。都当的化缘与上面两例存在着明显的区别，他踏上的是异国之土，化缘的目标人群意味着偷渡、隐姓埋名、游离不定和一贫如洗，而且其目的不仅仅只是为了果腹，他是让同胞或信众将本来就非常微薄的血汗钱分出一部分来交付给他，由他去达成善的功果……美国小说家本·方登写出过这样一个句子："善的力量总是关乎我们无法企及的东西，而邪恶则是纯粹的，它只为自己服务。"所幸的是，都当的 4 次域外化缘，收受到了 10 万善款，并入其他款项，使之阶段性地迸发出了善的力量并企及了善。与此同时，因为他的回归，与岩布兴同龄的一批孩子得以入寺习佛，经过他 10 多年的接引与培养，其中之一的都应还成了大佛爷。1999 年，都当见白象寺已经步入法轨，便移身另一个遭到毁损的道场遗址——白塔，一边致力于恢复重建，一边静修，白象寺就交由年轻的大佛爷都应管理。

从白象寺出来，由西面的石梯下到一个鞍形的山坳中。几百户人家的竹楼和新建的房舍鳞次栉比，早已不是玛哈洪建庙时"户稀人少"的旧象，一座"布朗族文化陈列馆"及其旁边那个时尚的民宿客栈，诚实而又微妙地将章朗村的时代性开显出来了。布朗族文化陈列馆的大门两边，是两排相对低矮的房屋，门都敞开着，无人，我走了进去，但见屋子里堆满了压制普洱茶的晒青毛茶，杀青、揉茶、压茶所需的设备一应俱全。那茶台上烧水的壶噗噗冒着热气，石瓢紫砂壶的盖子也是取下来放在一边的，壶里的茶叶似乎也只泡了两三泡，正是滋味化汤之时，不知道主人因了何事而离开。我一时起兴，当然也深知山寨之中有着淳朴、好客的民风，人们不会在意我的冒失，就一屁股坐到了茶台前，上水，起汤，惬意地牛饮起来。章朗之茶，制作时条索紧结，蕴香存甜，入水后汤色黄绿亮洁，滋味醇和，香气高扬，回甘快而持久。这一泡壶中茶，无疑是章朗茶中上品，除了具有章朗茶的共性而外，其清香与甘甜极其饱和、细腻，饮之如甘露。谢谢这不知何人的茶主，几杯入腹后，出了门，迎着茶林中吹过来的金色的风，我朝着白塔所在的山冈走去。途中遇到了几位山上归来的布朗族妇女，她们的衣服上染着红色的泥土和绿色的草汁，背篓里有的装着芭蕉心，有的装着不同的几种野菜——象耳朵叶、野姜、滴水芋。

三

曼迈兑的缅寺坐落在寨子西面山坡的一块平地上，规模比章朗的白象寺小一些，而且开门节后，大佛爷去了其他寨子，寺里的几个小和尚也不见人影。寺前的空地上，落叶与落花混杂着铺开，中间的几堆细沙，前几天还是人们堆塑的几头大象，一场夜雨，又让它们重新变成了细沙。那些曾经用来装饰大象的花朵或浮在沙面上，或被沙粒遮压了一半的花瓣，还有一些被沙彻底地埋了，非我目力能见。寺庙的大门正对着寨子，站在那儿，居高临下，整个由东向西布局的近 200 户人家的寨子便可尽收眼底。这座寺庙当然也是恢复重建的，而且是 3 座被毁的寺庙中唯一得到恢复的。忆及早年的寺庙，老支书岩书图用手指了指现在的大殿，不无失落地轻声说道：“那 3 座寺庙，白云和树木都快遮不住了，规模和气象不是它能比

西定巴达

拟的。而且那时候的大佛爷多的时候有30个左右，少的时候至少也有20个，小和尚也总是有60人左右……”在他言及白云之时，天空里的白云，无论是从缅甸飞来的，还是从其他3个方向飞来的，都像无数场正在发生而又戛然而止的雪崩，在蔚蓝色天空与黛青色的群山之间，另起一座座雪山，疏密有致地翔行在曼迈兑大寨的领空。寨子尽头修起不久的足球场上，站满了从天而降的白老虎、白狮子、白象、白马和白牛。有几户房屋建在高冈上的人家，其深蓝色的屋顶上，有白色的羊群在孤岛上伫立，似乎正在寻找着青草和溪流。

从曼迈兑出发，沿1979年修通2015年改建为水泥路的乡村公路，去西定乡政府有40多公里，反向走山路去缅甸勐养则只有17公里的路程，曼迈兑可以说是名副其实的天尽头了。在莽莽苍苍的群山与遮天蔽日的丛林中，乍然出现这么一个人烟稠密的寨子，我们的习惯性思维一直在促使我们把它视为欧洲式的古堡、拉丁美洲式的孤独小镇、非洲式的迷幻之城，亦可视其为大地上突然冒出来的财富城邦的交易大厅、谈判室和会计所。事实上，曼迈兑正是一个它们的综合体，历史上它曾是布朗族土司岩腊老五的驻地，民国年间便开办汉语学校，既是周边布朗族人社会文化的心脏，又开边地崇信汉文化的风气之先。在茶叶种植方面，始建于1938年的勐海茶厂到西定巴达茶区开辟茶园基地，其3个茶园就在曼迈兑，茶叶科学的培育技术和制作工艺也是早早地就送抵这儿。唯其如此，整个曼迈兑村委会有3600多亩古茶园和7000亩新茶园，其中的古茶园，在1985年前后，因为当时追求茶叶产量而进行了矮化，有1000多亩大茶树在此潮流中被砍伐了作为烧柴。岩书图说：“哈哈，当时我带头把自家的大茶树矮化了，一些勤快人家也跟着矮化，有了大堆大堆的烧柴，很多老百姓可高兴了。想不到那些没有将茶树进行矮化的人家，现在发财了……”古茶园、矮化茶园和新茶园，曼迈兑的茶叶产量每年有60吨左右，价格自2006年开始一直保持在500元至800元一公斤的水准上。之所以没有受到外部市场价格剧烈浮动的影响，岩书图总结了几个原因：一是茶叶价格的上升，把前往缅甸和泰国打工的几百个年轻人吸引回来了，他们深知谋生的艰难，视茶如命，精心呵护；二是布朗人种茶历史悠久，制茶工艺精湛，而且笃信曼迈兑就是佛祖的茶园，制作好茶就是礼佛的善举；三是曼迈兑的人一直视“曼迈兑茶”品牌为自己安身立命的根本，从不滥用化肥与农药，互相监督，只做优异的生态茶；四是不准掺假，组织巡逻队，不准其他地方的茶叶流入。有一个例子，2007年春，一户茶农打电话让另外茶山的亲戚用摩托运来了30公斤茶，想以曼迈兑茶进行销售，查获之后，不仅按村规民约进行烧毁，而且还让其进行了检讨。有了这4条，岩书图认为：“我们的茶，虽然没有老班章之类的茶叶有名、有天价，但我们希望通过自我管束，不断提高茶叶质量，让曼迈兑的茶叶长久地拥有忠实的消费者。”

现实世界里的孤悬之地，它是群山的心脏和在野文明交汇的风暴眼。当我从缅寺出来，沿着村庄里的水泥路，进入神灵守护的寨门，路过每年三月必须祭拜以求消除劫灾的寨心，在那口绘制着神鸟图腾的水井边徘徊良久，与有着几个床位的卫生室的医生闲聊，到土司岩腊老五的后人的竹楼上坐了一会儿，最终来到寨东2000年修建起来的足球场上，我发现自己置身在了朵朵白云之间。更为奇妙的感受是，这短短的行程，意味着从佛陀的身边，去到了更为古老的神灵身边，土司，医生，日落之前骑着摩托返回寨子的大佛爷，小

● 西定巴达

型超市，站在路边穿着西服用手机通话的青年，沉默的穿民服的老年妇女，见了我一直躲躲闪闪地跟在我身后嬉戏的几个孩子，拖拉机，汽车，正在修建的新楼，外来的包工头……他们给我提供的信息，是如此的密集、庞杂，时间与空间总是在任何一个局部打乱过去、现在和未来的本体结构，错置、混搭、平行、颠倒，有违于现实却又在自成体系的格局中，如一条裹挟了泥沙、落叶、花草和流水本身的滚滚向前的河流。想象中，假如祭拜寨心时那祛送灾病恶灵的人们与大佛爷在小路上面对面地撞上，我想象不出谁给谁让路，而大佛爷会不会认为因为撞上了送灾的人，灾害就会附上自己的身体？记得有一次，我投宿于景洪澜沧江边的一个客栈，出生于曼迈兑的作家，也就是岩腊老五的孙子岩坎翁带着酒水和烤肉前来看我。我们坐在客房的地板上痛饮至午夜，在他有了一点酒意时，突然告诉我，房间里有几只鬼，便开始闭目、念咒……当时，我不以为意，可我来到曼迈兑，我开始意识到在佛陀文明的世界之外，确有另一个鬼神世界存在着，而且这两个世界又与他们眼中单纯的现实世界组合在一起，如三个平行的空间，既上天入地，又稳稳当当地安置着人们的肉身和灵魂。任何一个人都没有分裂成三个人，他们相反动用了三种力量来支撑一个人，从而让自己得以坦然地存活在真正怪力乱神的人世间。所以，每天黄昏，老人和年轻人组成不同级别的足球队，在此对垒，赢了的球队可以获得一箱啤酒，他们也才会快活得像神仙一样，觉得世界已经把所有的恩惠和欢乐送给了自己。

四

“章朗”是傣语地名，意为“冻僵了的大象”。这头大象，就是玛哈洪托运经书的那一头。为什么会被冻僵了？白象寺的碑文中，说的是白象到此便坐卧不起，向玛哈洪传递在此建寺的神旨，一如泰国清迈双龙寺传说中的那头身负佛祖舍利子寻找供奉之地的大象。冻僵之说，可能意味着另有一则启智的故事存在于山中史册，在此不去探究了。但当我沿着通往山顶的石台阶，来到都当大佛爷恢复重建并隐修的白塔前，脱了鞋，赤足走向他的时候，我的双足迈动于冰冷的石板、瓷砖或水泥平面，确有瞬间被冻僵了的感受。只是这种冻僵，与 1999 年冬天我第一次来到巴达山茶区，借宿在勐海茶厂巴达收购站的库房里，所经历的一阵又一阵大风穿窗而入带来的冻僵有着本质上的差异。都当着袈裟，精神矍铄但又一脸清寂，赤着双足，一动不动地站在僧舍的屋檐下。同行的岩布兴和布朗族民俗专家黄秀芳大姐与他打招呼，他只是淡然一笑，不作应答，也没有待茶的意思，继续静立在那儿，让人觉得我们的来访是多余的，不用搭理的。他立定之貌，与僧舍上方菩提树和花枝丛里耸立着的金色之塔，在我的视野内存在着一种落差却又完美地契合为一体。没有塔，他就会形同野寺里的隐修者；没有了他，塔即塔身或灵祇，仿佛山野之间布朗人只在祭祀时启用的金塔。他与塔同在，我们方能从塔身里看见他，又从他身上找到塔。1999 年离开白象寺至此，都当再不过问寨子里的尘间事，利用宗教机构和企业捐献的善款及老百姓赕佛的功德，20年时间，终于又在这废弃的道场上让众神归位。他与塔已经合二为一了。

我们在塔基下面的院坝上坐下来，聊着缅甸和去缅甸的人们的故事，也聊些有关普洱茶界或正或邪的案例。几棵白塔旁边的菩提树，几乎所有的叶片边缘都变得焦黄了，可三分之二的叶片仍然是翠绿色的，它们处在阳光与白塔的金光之间，多少有些沧桑之感但又没有丧失由内向外生发出来的活力。你分明知道这些叶片必然会在新旧交替时纷纷飘落，而且地上已经落了许多，但你看不到一张叶片摇摇欲坠，甚至觉得即使新叶哗哗啦啦地生长出来了，还会认定那新叶一定是它们的另一副形体，它们是不会飘落的，永远都将在枯黄与嫩黄之间自行变替，不露一丝痕迹。都当在此期间，先是转身进屋，自己动手做午饭并很快食用完毕。他绛红色的袈裟从光线极暗的屋子里闪现出来时，我们看见他面部的表情仍然没有什么变化，但曾经笔直的身板明显松弛下来了，坐到屋檐下的椅子上，目光淡淡地看着我们。趁此机会，我才又一次脱了鞋，移身至他旁边的一条木凳上。我猜测自己移动的身形，于他而言，无论是一张桌子或一棵树，还是一只老虎或一头牛，他都不会惊愕，无非是空空如也的身边多出了一个呼吸着的、说着汉话的活物。而且在中午打坐开始之前，他也不反对有一个人与其交谈，尽管交谈中的每一个话题也许他都陈述过了无数次，记忆中而非贝叶经上一个老僧的经历，有着血与火、驱逐与苦守、反哺与化念，可都搅动不了他内心汪洋里的波澜了。谈只是谈，回应只是回应，一个个说出的事件与其早已没有关系。所以，在半个小时左右的交流中，我的问询与他的回应之间常常没有因果和逻辑关系，白象寺、白塔和众多的弟子，我想得到他们与他结下法缘的实证，得到的信息其实还没有从岩布兴那儿得到的更多一些。在旁观者眼里清晰、落实的事物，在他那儿已经虚化了，不再是人们眼里可见的白塔或菩提树叶，更非俗世里的功德。我偏执地问及一个著名的“慈善家”曾在白塔前的许愿，他倒是还记得这个惊天动地前来礼佛的人，但他无心忆及，他已经远离了三垢，脸上露出的笑容像塔尖上的阳光一样明亮。白塔都已无形无影了，何况一个打诳语的过客？

谈什么个人的困厄？“当我去国远游，总是有寺庙容身。想想那些失去了寺庙却又得按佛陀的标准活命的人，他们比我更难。从而，自己敦促自己做一点分内之事，这真的无须记挂！”在此都当淡化功果之时，40公里外的曼迈兑，在岩书图的倡议下，人们开始筹备年末祭拜茶树王的仪典。之前，巴达大黑山里那棵1700年树龄的野生茶树王尚未枯死，老人骑马，年轻人走路，一个寨子的人敲锣打鼓，每年都要去祭拜二至三次。有时，祭拜至天黑，晚上就在茶王树旁的窝棚里住一夜，视茶树为守护神。野生茶王树枯死后，他们就在寨子西面高冈上的茶树林里选了一棵800年树龄的茶树为茶树王，连年设坛祭拜不怠。

离开白塔，我欲驱车重返曼迈兑，天降法雨，车至贺松茶山便停歇下来，于一座茶山中想象一个寨子的人隐身到另一座茶山中。那古老而又庄严的祭拜场景，我视其为人类在自己的幻象中终于找到了婆娑世界里赐福于己的神灵。茶王树的形象一再升腾于我的脑海：它高大茂盛，四周的茶树和灌木丛都在像人们那样，向它虔诚地鞠躬。

一

西双版纳旧称车里。明朝冯甦《滇考》："车里，在八百东，即古产里。汤时以短象、象齿为献，周公赐指南车归，故名曰车里。元兀良吉歹成交趾，经其地，降之。至元中，置撤里路。明改车里军民府，寻升宣慰司。永乐中入寇，后惧而谢罪。万历十一年（1583年），明伐缅，其酋刀糯猛使贡象，实阴付于缅。兄居大车里，应缅使，弟居小车里，应汉使焉……"关于"车里"之名的来历，道光《云南志·地理志》亦云："周成王时，越裳氏来朝，周公作指南车导王以归，故名车里。"

南诏国时期，设有金生城和银生城。方国瑜先生考证："樊绰《云南志》丽水城曰：'从上郎坪北里眉罗苴、盐井，又至安西城。'又曰：'眉罗苴西南有金生城。'……金生城，疑即今之青蒲附近，在八莫北伊洛瓦底江西岸，盖金生城以产金得名，即在江边也。"至于银生城，方先生说："樊绰《云南志》卷七曰：'茶出银生城界诸山，散收无采造法，蒙舍蛮以椒姜桂和烹而饮之。'按：银生城界者，即银生节度管辖界内，今所称云南普洱茶者，实产于倚邦、易武、勐海各地……则银生城界内产茶诸山，在今倚邦、易武、勐海等处可知也。"方先生没有明确指认银生城在西双版纳，但尤中教授的《云南民族史》一书中，则根据《南诏德化碑》所示，指认银生城就在"墨觜之乡"，即景洪一带，节度使是德化碑上的"赵龙细利"，即召龙细利。该节度之所以名"银生"，《清一统志》卷四百八十六《普洱山川》说：

"整董井，在府南二百五十里，蒙诏（按即南诏）时，夷目叭细里，佩剑游览，忽遇是井，水甚洁。细里以剑测水。数日，视其剑化为银。"文中的叭细里，尤中先生说："叭细里也可以写作叭细利。傣族中的地方头目称叭；王子则称召。细利其人，当其充当头目时称叭细利，一旦成了大王，便称召龙细利。"

金生城以产金而得名，银生城却无产银记载，乃是"剑化为银"，一下子就让人迷幻起来了。秘境之地，不辨东西南北，所以，这儿的头目觐见周成公，还怕他找不到回家的路，命人为他制作了一辆指南车。其实，"周公作指南车导王以归"一说，同样是玄说，"指南"器具的发明，非周时所能为，乃后世为之，况就算有了一辆指南车，它如何能从中土驶入"墨黹之乡"？中原入滇之"五尺道"始修于秦，且雄山大川之间，马行亦需贴壁悬空，步步生死，明万历元年（1573年），四川巡抚曾省吾携万千兵将进剿僰焚，入此路便云："石门不容轨。聊舍车而徒。"指南车在此，与"剑化为银"同出一辙，乃是史官们面对极边之国和蒙尘的光阴束手无策而凭生的无边想象。据此，我们也就不难发现，当地图上的名字都虚幻如梦境，地理学犹如迷药的配方，穷极地端的西双版纳在人烟袅袅升空以来，除了受制于极富理想主义色彩的边缘政治（且政治之剑大都只插向短狗和耕象等异物的心脏），更多的时候，它乃是一个隐伏于热带雨林中的不为人知的自由王国。我们言必称此地的部落与王国屡屡进献于朝廷，乃是汉文化的话语霸权所致。《新唐书·南蛮传》云："大中时（847至859年），李琢为安南经略史，苛墨自私，以斗盐易一牛。夷人不堪，结南诏将段酋迁陷安南都护府，号白衣没命军。"明代陈文编修的《景泰云南图经志》云："至元甲戌，立彻

南糯山

里路军民总管府，岁赋其金银，随服随叛……其民皆百夷，性颇淳，额上刺一旗为号。作乐以手拍羊皮长鼓，而间以铜铙、铜鼓、拍板，其乡村饮宴则击大鼓，吹芦笙，舞牌为乐。”这两则典籍，白衣没命军，飘逸出尘却又生死不顾；额上刺旗且又性颇淳且又好饮宴且又随服随叛，大有魏晋的华美风骨。它们于字里行间，隆重举行的，一直是一场无须域外之人观赏的亦悲亦喜的旷世盛宴。叛，非叛也，自由的元素。

二

现在，我就站在或产里或交趾或撤里或车里或银生城的古老城邦的遗土之上，身后是集数十年心力而建起来的崭新的景洪城，面对着的，是沉默而又动荡着的澜沧江。远处的跨江大桥，不是什么飞虹，倒像是一棵足以庇护一座寨子的大榕树，它以身躯横江，交通南北。就像大理古城总是在日斜西天之际陷入苍山的阴影，景洪城也一样的可以看着秀美无极的南糯山，与日行相反的方向，朝自己走过来。我最讨厌的电视广告词是：“品评黄山，天下无山。”真是一派胡言，天下无山了，黄山是山吗？一点常识都没有。没有常识，则无教养，更无敬畏。无山？珠峰是人类仰高之所；基诺山之司杰卓密，是基诺族人埋魂之地；佤山之司岗里，是佤族人悬挂万千牛头朝夕伏拜的圣地；卡瓦格博，藏族人的神山……而我现在洗心革面，欲登而又怕惊动诸多神灵的南糯山，在它的怀中，僾尼人和傣族人，死了，造一个墓穴，也必须抹平，不立什么石碑，不留什么碑文，也不堆什么坟包，是人神供奉的天堂。它山上的一棵茶树，死了，剩一洞穴，日本人和韩国人来朝拜，800级台阶，跪拜着上去……相反，一如口出“天下无山”者，我们中间的许多人，上此山，看茶王树，脸上的汗水还没抹去，掏出小刀，见树就刻某某到此一游、某某我爱你海枯石烂不变心之类。我不是泛神论者，可当人们告诉我，山上的这棵茶王树，是孔明亲手种下的，以前，树上常有白雾笼罩，且有一条赤红巨蛇，盘其上，充当守护者。我为之动容。我知道此说之虚，但我更知道，最虚之处，挺立着山上民族伟大的信仰，存放着他们不死的灵魂。

南糯山立在景洪城之西，像所有的山一样，它有峰峦、沟壑、绝壁、石头和土，但它又与有的石头山不一样，它穿着一件神赐的绿色的大袍，浑身上下，绿得每一寸肌肤都仿佛挂着绿宝石。我们所熟知的、陌生的和知之而又未见的——200多科1000多属近4000种植物，在上面繁衍生长。它们亲密无间，搂肩搭臂，彼此深入对方的骨血，寄生者不感耻辱，供养者也不傲慢，粗高者抵天，低伏者贴地，生死由天命，谁也不争先，谁也不恐后，都是大地的毛发，所谓珍稀与滥贱，全系上天命定。每天早上，太阳出来，照耀十二版纳，也照耀此山。黄金之粉涂抹，一道道山梁是足金，绿被压住，斜坡和沟壑，金粉被吞掉一半，于是有了层次。有时，白雾从箐底往上疾走，一心想跟上彩云母亲的步伐，便见闪闪发亮的雾水，将金色之光浸得湿漉漉的。白雾一般都不是整体，南糯山有多少山谷，它就有多少支温柔的队伍，琴弦似的，列于山腰至山顶的区域。如果谁能弹奏此琴，当能发出一座山的所有声音。一座山的声音，石头的声音请金钱豹代劳；泥土的声音，用青蛙之口大喊；鸟儿总是飞来飞去，它们负责转达一棵树对另一棵树的意愿，转达得好，所有的树就在风中鼓掌，转达得不好，所有树就不高兴，一抖，身上的黄叶就落了一地；风是香风，它们的任务是把樟木和檀木的心香，一一分发给每一物种；偶尔，会有几头孟加拉虎路过这儿，它们的吼声，据说是僾尼人在密林中喊魂，当然，如此破玉裂帛之声，也有祭师用来驱邪攘鬼……

日落或雨天，南糯山就会暗下来。悬浮其上的暗色，一如罩住西双版纳的几千年光阴，让人的目光始终难以穿透。所谓那些被我们看见的，无非只是一个山的轮廓。立于景洪之边，我相信这片土地上的一切，都没逃脱南糯山之眼，可它肯定不会站出来开口说话，更不可能移位于人类学家或史学家的案头，让这些皓首穷经者按下录音键，摄取一片土地的人类成长史。谜不可解，不宜解，山川明白这一点。

三

“以改变名称来改变事物，这是人类天生的诡辩行为！”语出马克思和恩格斯的《家庭、私有制和国家的起源》。当这些族名、寨名、郡名、节度名、路名、州名和府名，一再地被改变，“诡辩”所带给我们的，也许就是事物真相的一再被遮蔽。但除了依赖于“诡辩”，站在几千年光阴这一头的我们，又能出何奇招呢，特别是当我们执迷于某些真相的时候？出生于布宜诺斯艾利斯的加拿大公民阿尔维托·曼古埃尔，对此的态度是：“对我而言，纸上的文字带给世界一种连贯性。当马贡多的居民在百年孤寂中为一天降临的健忘症而备受折磨时，他们发现他们对世界的认知在迅速地消退，他们可能会忘记什么是牛，什么是树，什么是房子。他们发现，解药藏在文字里。为了想起世界于他们的意义，他们写下标签挂在牲畜和物品上：这是树，这是房子，这是牛……”（语出曼古埃尔《恋爱中的博尔赫斯》，王海萌译，2007 年 4 月华东师范大学出版社出版。）

所以，在遍寻诸多纸上文字并力求从中找到“世界的连贯性”之后，2007 年 6 月 11 日，在我的朋友刘钺和小白的引领下，我再一次怀着敬畏之心，走向了南糯山。需要在此多写几句的是，10 日晚，为了给我壮行，我的另外一位朋友杨晓斌夫妇，在景洪家中为我设家宴，所有的菜肴都是晓斌先生亲自下厨，清汤水库鱼和景东腊肉等等。他知我嗜酒，备下的酒都是好酒，他因糖尿病戒酒，我和刘钺大醉。席间，适逢其岳父遭遇车祸受伤，或许皆因我等来做客，他没到事故现场，其妻前往。虽没去，看得出来，晓斌一直惴惴不安，直到妻子来电话，伤是小伤。他才舒了一口气。

南糯山隶属于勐海县格朗和乡。格朗和，哈尼语，意为“吉祥、幸福、安康”。勐海，傣语，意为“英雄居住的地方”。格朗和乡由南糯山、苏湖、帕真、帕沙和帕宫 5 个村委会组成，有 58 个自然村 75 个村民小组 3737 户人家。在 300 多平方公里的土地上，居住着 13822 个俀尼人、820 个傣族人、770 个拉祜族人和 390 个汉人。也就是说，在这个区域，俀尼人是主体。按照祖先的习俗，从景洪至勐海的公路中段，转入南糯山处，立有一寨门。寨门有联：“茶王根深发千年，竹筒舞响传万里。”寨门的两边，左立一俀尼男青年木雕和一条狗的木雕，右立一僾尼女青年木雕及金鸡、猫和狗。或许是因为此寨门系乡政府所立，与山上的寨门不同，它没有驱邪避污之物悬挂，更像一个入山的路标。

僾尼人系哈尼族的一个支系，古称乌蛮、和蛮、窝泥等等。据哈尼族口传，其先民原住北方一条江边的“努美阿玛”平原，约秦汉之际迁入云南。作为古代羌系民族的后裔，哈尼人堪称稻作史祖，国外的一些人类学和汉学家，把云南视为稻谷的发祥地，而这些均与哈尼族血肉相关。嘉庆《临安府志・土司志》描述哀牢山之哈尼梯田：“依山麓平旷处，开作田园，层层相间，远望如画，至山势峻急，蹑坎而登，有石梯蹬。山源高者，通以略杓，数里不绝。”在日本人类学家鸟越宪三郎的笔下，更是有一幅令人荡气回肠的古代世界稻谷传播图。在此画卷中，涉及云南先民如何驯化和培育了稻谷，然后，往南，传播至东南亚并通过印度洋流布世界；往北，则以水路传播至中原广大地区；往西北，则甘陕；往东，则桂粤……此传播图远胜于茶叶的蔓延，对人类的贡献也更大。然而，在哈尼族的各支系中，也非所有支系均如元阳梯田的主人。乾隆《开化府志》说窝泥：“多处山麓种地。”乾隆《景东直属厅志》卷三说喇乌：“山居，亦务种植。”《滇南志略・临安府》说糯比：“居处无常，山荒则徙，耕种之处，男多烧炭，女多织草为排。”

我不知道南糯山的僾尼人究竟是何时迁入的。尹绍亭先生的《云南刀耕火种志》：“现居西双版纳勐腊县麻木树乡的哈尼族，系自红河地区迁去。1985 年笔者到该乡调查，坎落寨老人达努能背诵近五十代家谱，并说他们过去世代保持着这么一个传统：由于经常因打猎、战争等原因而迁移，所以男子总是随身带着三穗小米，每到一个新的地方，就把小米种下，来年便可收获。”由此看，南糯山的僾尼人，也应从红河迁入。但道光《普洱府志》卷十七：“黑窝泥，宁洱、思茅、威远、他郎皆有之。”言及之处，距勐海更近，迁入的可能性也不小。

“哈尼”，哈，飞禽虎豹；尼，女性。凭字意理解，这是一个长期因受奴役而“退居山林”的民族。尤中教授《云南民族史》：“（南诏时期）最初，和蛮（哈尼）、朴子蛮（布朗族和德昂族先民）都有一部分与金齿百夷共同住在平坝区。后来，同区域内金齿百夷中的贵族势力发展了，支配了平坝区，在平坝区的那部分和蛮、朴子蛮都被迫退入山区。”金齿百夷者，傣族。从哈傣杂居到哈入山居住这一事实来看，符合这一事实的区域，当时的西双版纳最存在可能性。也就是，哈尼入山，或者干脆说，哈尼族人进入南糯山的时间，有可能是在南诏时期，即唐代，距今已有1400年左右的时间。

如果说南糯山的12000亩古茶园以及那株已经枯死的800年树龄的茶王树，象征的是一种茶叶文明，并足以让我们掠开人类茶叶种植史的冰山一角，那么，我亦认为，哈尼人进入南糯山的时间，一定在1400年左右。为什么？任何一种文明尤其是山地文明的形成，诸多历史事例告诉我们，若非耗尽成百上千年的时光，断然难以建立。而且，每当这种文明发展到一定的高度，由于封闭，它可能再过一千年也难以朝前走一步。《后汉书·南蛮西南夷列传·哀牢传》及《华阳国志》中均言，在汉代，这儿的人民已经能取自然之物而成布匹，且称“蜀布”，被蜀商远销西域，让出使西域的张骞都看见过。可是，两千多年过去，至中华人民共和国成立以前，这一带的人民依然极其落后。其手工业和农业生产水平仍然停留在汉代。一种文明，仿佛被放入了冰箱，或被自然之力悄悄地藏进了厚厚的冰川。当它醒来，世界已变得面目全非。

当然，现在的南糯山，早已把自己的身躯毫无保留地凸现在世界的目光之下。高速公路就在山脚下，往来的车辆足以把任何梦想带到世界的任何地方，而且这种运输的速度远非牛帮、象帮和马帮可比。开启南糯山现代之门的钥匙，它转动的时间，甚至早于其他山门的向外打开。1938 年，西南联大的一批师生抵昆明，云南省府"有调查普思边地之举"，一个名叫姚荷生的清华学生，得以参加调查队，且来到了西双版纳，并在之后出版了专著《水摆夷风土记》。在姚荷生的笔下，当时的勐海，已是茶的都市："佛海是一个素不知名的新兴都市，像一股泉水突然从地下冒了出来。它的出生虽不久，但是发育得很快。现在每年的出口货物约值现金百余万元，在这一点上够算得上是云南的一二流大商埠了。假如我们可以僭妄地把车里（景洪）比作十二版纳的南京，那么佛海（勐海）便是夷区的上海……它是一个暴发户，一个土财主，它的巨大的财富藏在那褴褛的衣服下面。佛海城里只有一条短短的街道，不到半里长的光景。……街头街尾散布着几所高大坚实的房屋，里面的主人掌握着佛海的命运，这些便是佛海繁荣的基础——茶庄。"勐海的茶业为何会猛然兴起？姚先生说："从前十二版纳出产的茶叶先运到思茅普洱，制成紧压茶，所以称为普洱茶。西藏人由西康阿登子经大理来普洱购买。民国七年（1918 年）云和祥在佛海开始制造紧压茶，经缅甸印度直接运到西藏边界葛伦铺卖给藏人，赚到很大的利益。商人闻风而来，许多茶庄先后成立。现在佛海约有大小茶号 10 余家，最大的是洪盛祥，在印度和西藏都设有分号，把茶叶直接运到西藏销售。"而那

● 祭茶神

些小一些的茶庄，姚先生说，他们就联合起来，推荐出两个人负责把茶叶运到缅甸的景栋，再经仰光到印度，卖给印度商人，由他们转销西藏。勐海每年茶叶的输出额为6000至7000担，约值百余万元，但花在缅印境内的运费就达40万元（银币）左右。姚先生还说，此地的茶叶，主要以勐海为市。主销西藏，有一部分销内地的，仍然先运至普洱再转昆明。由于经济的勃兴，勐海“逐渐的摩登了”，不仅道路铺上了柏油，建筑新式的医院、中学，图书馆和电灯厂也建立起来。这儿，有说汉话、穿西装、打网球、喝咖啡牛奶并把子女送入学校读汉书的勐海土司刀良臣；有学识渊博但因协助车里县长筑路而被称为“夷奸”的勐混代办刀栋材；有会说英语和缅语并敢于娶顶真姑娘为妻而遭夷人反感的留学生土司刀栋柏；有边地英雄柯树勋之婿，富极穷边的群龙之首，茶商李拂一……在姚先生笔下，当时的勐海真的是洋味十足了。

众所周知，也就是姚先生所述的1938年过后两年，代表云南省府的白孟愚和代表中茶公司的范和钧，分别把当时世界上最先进的制茶机器，不辞千辛万苦，搬进了南糯山，建起了南糯山茶厂和佛海实验茶厂。此两人都曾留洋，都是茶叶大师，且都请来了当时中国最优秀的茶叶技师做助手，所以，他们入主南糯山，堪称现代普洱茶的发端。而南糯山也因此成了现代普洱茶的圣地。据很多老人回忆，范和钧执迷于制茶，白孟愚则在制茶之余，穷己之力，扶持茶农，在哈尼人中间，推进茶叶的科学种植与生产，是以被哈尼人称为“孔明老爹在世”。

被誉为“在世的孔明”，非众人能成。孔明的地位在夷边就像神灵。民国初，一位美国传教士名叫杨君（Mr. Goung）的，在澜沧县的"倮黑人"中传教，人们置之不理。但这个传教士是一个绝顶聪明的人，他见人们极端崇拜孔明，便杜撰说，孔明和耶稣是兄弟，孔明是哥哥，耶稣是弟弟，信仰哥哥的也应该信仰弟弟……渐渐地，信仰耶稣的人便多了起来，以致后来，县政府召集倮黑人难上加难，传教士一声命令，便有数千倮黑人闻声而至。县长害怕了，便请省府交涉把传教士调出了澜沧（见姚荷生《水摆夷风土记》）。一样的道理，因为白孟愚有孔明之心、孔明之行，后来，他一声令下，很多人便跟着他提枪走上了抗日的沙场。

孔明的地位，很大程度上，取决于茶。很多学者把西双版纳、普洱等地的种茶史认定为1700年左右，原因就是附会了这一地区的民间传说。孔明伐滇，时间是公元225年，也就是1782年前。他为何伐滇？意在定极边而取云南之财富，充实其军国之需，穷兵黩武。人们之所以奉其为茶祖，我以为，此地早已种茶产茶，而他立足于经济发展，规模化地组织边地之民种茶制茶，并有意识地搭建起了茶叶的贸易平台和流通渠道。我的老家昭通，自古就是物资集散地，自古也都流传着一句话："搬不完的乌蒙，填不满的叙府（四川宜宾）。"同理，明代陈文编修的《景泰云南图经志书校注》中，载有翰林学士虞伯生为乌撒乌蒙道宣慰副使李京所著的《云南志略》写的序，其中有一句是这么说的："诸葛孔明用其豪杰而财赋足以给军国。"豪杰者，孟获之流也，得孟获，则得财赋，得了财赋，就可以出祁山，就可以和孙权、曹操三分天下。当然，要得财赋，理应扶持农耕、挖矿和植茶。

布朗和德昂本就是此区域中种茶最早的民族，有人助其种茶卖茶，此人能不成茶祖？布朗族传说，茶乃始祖岩叭冷遗物；德昂族创世古歌，说德昂乃“天上茶树”的子孙，茶乃圣物。哈尼人生活于布朗和德昂之间，自然也视茶为圣品，这用不着怀疑。

由孔明兴茶到范和钧与白孟愚入南糯山，上千年的风雨，茶树生死明灭，人烟几度迁徙，换了一代又一代，可山依然叫南糯，入山的门依然面对着从世界那边伸过来的一条条道路。南糯，傣语，“产笋酱的地方”，让其有名的却不是用竹笋做成的酱，而是普洱茶。

四

我把整个格朗和乡均称为“南糯山”。所以，这次入山，我没有再次去拜枯死的茶树王，而是取道姑娘寨，直奔水河老寨、水河新寨和黑龙潭寨。当刘钺兄的皮卡从高速公路上转入山内，混凝土和铁栏栅便消失了，代之的，是树叶变成的红土，巨石变成的砂砾，路面时起时伏，山上流下来的泉水，也是路上的旅客。时有野鸡横飞，从一片树林到另一片树林，它飞至路的上空，或许有不踏实之感，却是我认定这山尚有除人之外的万千生灵的依据。从山上下来的摩托，像金钱豹，一眨眼，就扑到了眼前，再眨眼，不见了。骑在上面的僾尼人或傣族小伙子，有的染了红发，有的手臂上刻了文身，大多数都带着女孩子。在很多人的眼中，路是畏途，可我一点儿也没有感到颠簸，因为我来到了泥土、石头和树木的肺腑之中，来到了泉水和空气一样干净的世界的外面。而我要去的寨子，在云雾之中，在大树下面。寨子是人的寨子，亦是鬼神的故乡。

有几次，皮卡车驶上山峦，刘钺和小白，他们都有意让我在那儿眺望景洪城。我刚从城的钢筋水泥、玻璃幕墙、汗臭、交通法规和密密麻麻的脸孔中间逃跑出来，虽然也想看一看囚禁过我的地方，可我一时还难以谅解它、接受它。景洪，一座空气中有流水之声亦有火苗在窜动的雨林中的城邦，它本已经是我见识过的最柔软也最缓慢的城，我爱它亦如爱我的故乡，可一旦深入大山这座自然的城府，唯有忘掉它，我才能全身心地去爱山并得到山的眷顾与同情。

水河老寨和水河新寨，原在乡政府驻地黑龙潭南面海拔 2196.8 米的路南山上，后来国家实施整体搬迁，方得以从密林之中，移至黑龙潭坝区边缘。老寨和新寨均按传统的干栏式建筑风格建设而成，稍有不同的是，老寨的布局丢掉了随意性和自然性，每一座单体建筑都服从于严格的规划，按“井”字形结构，有了处处均呈直角的街巷。新寨由于建在气象不凡的一片坡地上面，傍山而俯视长满稻子和甘蔗的田野，建筑群体大多依山势而筑，错落有致，寨子中的道路也因此具有了线条美。老寨与新寨相距两公里左右，但不知什么原因，人们很少往来，问其缘由，被问者皆避而不答。

北京大学的人类学研究生肖志欣，是个女孩子，黑龙江人，为了调查僾尼人的家族制度，她已在水河老寨居住了几个月，并且还将住下去。我和刘钺进入水河老寨的时候，她已迎至寨门口。早晨的阳光下面，她戴一顶太阳帽，穿 T 恤、蜡染的裤子，表面的符号意味着她已融入这片土地，可我们还是轻而易举地就可以把她从这片土地中剔除出来。她说：“先去我们家坐坐吧。”从寨子的街巷中穿过，她频频用哈尼语与老人和孩子打招呼。据她说，到这儿来，因为没有翻译，她自己就努力学习哈尼语；因为文化部所给的资助只有 5000 元人民币，住不起乡政府旁的小旅馆，她就住进了一户僾

● 南糯山

尼人家。住久了，也就把那家当成了自己的家，家里的人，该叫爸爸的叫爸爸，该叫妈妈的叫妈妈，哥叫哥，妹叫妹，俨然家中的一个成员。而此户人家也把女儿赶到了沙发上，腾出一间房子让她住。认识她是经一个朋友介绍，来之前，我曾给她发过短信，问她要不要帮她带些日常用品上山来。她回短信："这儿没那么偏僻。有心的话，给爸妈带一点小礼品。"她的"家"，在寨子的中央部位，跟着她上楼，屋内有些暗，左手边是三间卧室，屋中央是火塘，火塘上挂着一个被烟熏黑了的架子，上面有竹箕，里面是一些茶，另还有葫芦等其他物件，均已被柴烟熏得黑亮黑亮的。她的爸妈都在，热情地招呼我们。妈妈正在给其女儿穿戴传统的哈尼族盛装，头冠上有绒球、银饰，有五彩斑斓的长长的流苏直抵腰部。腰带是贝壳做成的，手上的镯子是琥珀。那是一个漂亮、健康的女孩子，我问她："要去见男朋友？"她只顾阳光灿烂地大笑，不答，银子般的牙齿，是天生的最美的银饰。肖志欣说，不是去会男朋友，是要去迎树棺，寨子里一个老人死了，砍树棺的人还在山上，妹妹之所以盛装，是传统的避邪方式。

寨子距砍树棺的山腰只有两公里左右，我们才到半路，就听见噼噼剥剥的砍伐声从一条箐沟的密林中传出。领我们去的是一个小伙子，非常健壮，宽宽的脸庞上，似乎藏着北方祖先的影子。他几乎没有言语，脸上的黑色，似乎就是我们常常挂在嘴边的"沉默"。进入砍树棺现场的小路是新辟出来的，刀伐的灌木创口，还散发着芬芳。所谓树棺，就是把一棵最粗的大树砍倒，用最好的一截，剖成两半，根据死者身体的尺寸，砍成棺木。砍树棺的现场，有10多个人，有长者，有后生。长者都做些技术活，后生主要的任务就是挥舞着长刀，不停地砍。这棵用来做树棺的大树，原先就长在旁边10米开外，它倒下时，砸倒了一大片灌木。有一位老人，一直在用一根代表尺寸的竹子在树棺上测量，他告诉我，这棵树是山里最大的一棵了，再也找不出第二棵。我问他，如果大树都没有了，以后用什么来砍整木的树棺？他没有回应。

棺木分公母。公的在上，背部凿出镂空状，棺头和棺尾分别留出两根对刺状的剑尖式的木刃。两个“剑尖”中间尚有近一尺的空隙。“剑尖”本是原木的表层，所以悬空，其下又有顺棺而成的“工”字形木格，“工”字中竖着的那笔，在两个“剑尖”对刺的空隙处，凸起一方块……各具象征性，总的来说，就是要让死者入土为安，且要让其鬼魂静处地下，不要再回寨子去吃人。我问用竹子测量棺木的那位老人，那“剑尖”是什么意思。他回答了，哈尼语，引我们上山的小伙子翻译成汉话：“鬼的生殖器”，众人闻之，大笑。母棺在下，用于盛亡者，其空落处，按人体尺寸而凿，其状如船，包括底部，亦像木船的底。这棵被凿成棺木的树，是棵老树，砍开的地方，寸寸都如上等的宣威火腿，红红的，泛着油光。我想，亡者入其腹，当是最好的归处。

五

《百夷传》：“父母亡，不用僧道。祭则用妇人，祝于尸前，诸亲戚邻人，各持酒物于丧家，聚少年数百人，饮酒作乐，歌舞达旦，谓之娱尸；妇人群聚，击椎杆为戏，数日后而葬。”这记载的是古代傣族的葬礼。与“娱尸”相似，在我的老家昭通，老人逝，称之为“白喜事”，亲戚邻居亦歌舞升平，谓之“以乐致哀”。水河老寨的这场葬礼，也无僧道，有“娱尸”或“以乐致哀”的情态，人们喝酒吃肉，欢歌笑语，打牌作乐。我前往灵堂去祭奠，交5元钱给死者的儿子，上楼穿过人群，见树棺已装入亡者，上盖一竹编的篾席，静静地停放在屋子的一角。刚准备到露台上去坐坐，引我们上山看砍树棺的那个小伙子告诉我：“你应该去祭一下老人。”再转到棺木前，见那儿放着一个巨大的簸箕，小伙子又提醒我，要抓三撮簸箕里的东西，分别撒于棺前。光线太暗，没看清簸箕里的东西是什么，抓起来才发现是茶叶。

法国的马塞尔·莫斯和昂利·于贝尔合著的《献祭的性质与功能》一书中说：“在每一种献祭中，一个祭品从一般领域进入宗教领域中，它是被圣化的……提供牺牲以为圣化物品的皈依者，在操作结束时被献祭者与他在开始的时候完全不一样了。他已经获得了一种在以前所没有的宗教品格，或者已经祛除了他在先前感染的不良品格；他已经将自己提升到一种体面的状态，或者已经脱离了罪恶的状态……”我所了解的献祭世界，也一如两位法国人所言，当献祭完毕，无论我们用什么物品作为祭献物，它们必将让被献祭者转入另一生命轨道，或得到神圣，或剔除罪恶，是一种彻底的超度。然而，以茶叶作为圣化的物品载体，却是第一次碰到。以此就来认定茶叶与僾尼人的精神关系，本来也可以说证据充分，至少可以说明，在僾尼人的生活现场，茶叶足以让一个死者体面地安息。但我似乎又隐隐约约地觉得，这儿的茶叶，应该是礼品，让亡者带在身上，在未知的世界中旅行时，可以喝上一口茶水。而且，这茶，犹如不朽的纪念品，当亡者去了另一世界而又不能返回，茶中自有亲人和故土。同样，佤族也有一句话：“你喝了茶叶水，你就见到了鬼魂。”鬼魂者，祖先也；茶者，通灵之物也。但佤族之语，个体性强烈，没有僾尼人以茶为祭更具包容性。佤族之茶，可借其回到祖先的身边；僾尼之茶，则有双向性，宗教意味也非常浓郁。

静静地停放着亡者的地方，楼上以牌为乐的声音此起彼伏；楼下，一头猪正被宰杀，猪血流了一地，有人以稻谷掩之，引来几十只鸡，不停地啄食。这些被血染红了的谷粒，很快地，带着猪的血和命，进入了另外一种生灵的生命。所杀的猪，因为是葬礼，不刮毛，更不去皮，一一地剁成小块，分成几十份，堆在街心的芭蕉叶上。不一会儿，外姓人家来帮忙的，团团地围了上来，一人取走一份。本姓人家，不取。

六

年轻时，我读过著名彝族诗人吉狄马加的一首诗，名字叫《黑色的河流》：

我了解葬礼。
我了解大山里彝人古老的葬礼。
（在一条黑色的河流上，
人性的眼睛闪着黄金的光。）

我看见人的河流，正从山谷中悄悄穿过。
我看见人的河流，正漾起那悲哀的微波。
沉沉地穿越这冷暖的人间。
沉沉地穿越这神奇的世界。

我看见人的河流，汇聚成海洋，
在死亡的身边喧响，祖先的图腾被幻想在天上。
我看见送葬的人，灵魂像梦一样，
在那火枪的召唤声里，幻化出原始美的衣裳。
我看见死去的人，像大山那样安详，
在一千双手的爱抚下，听友情歌唱忧伤。

我了解葬礼，
我了解大山里彝人古老的葬礼。
（在一条黑色的河流上，
人性的眼睛闪着黄金的光。）

偻尼老人的葬礼，时间定在下午 4 点左右。盛装去迎空棺的少女们，到了送葬的时候，相反穿起了平时的衣服。没有什么仪式，人们将灵柩从楼上搬下来，抬着，一路地就往坟山而去。直系的亲人，男的，头上扎一绺红布，在亲戚和邻居的簇拥下，跟在灵柩的后面。死者的儿子，穿一双拖鞋，背一竹篓，里面有盛水的竹筒、篓筐之类，右手提一卷篾席，左手提一竹凳和竹编的遮阳帽，其表情，似乎有悲戚之色，但又淡淡的。送葬的队伍大抵只有几十个人，没来的同寨人，或坐在自家的楼上，或坐在街边的摩托车上，有的还坐在年轻人用来谈恋爱的小楼下，静静地看着。那些坐在自己小楼平台上观看的人，就如同坐在包厢里看话剧，见送葬的队伍，流水一般，很快就穿过了小街的河床，从寨子的后门，往山上去了。与吉狄马加笔下的“黑色的河流”不同，这只是一堵波浪，而且是彩色的。他们出了寨子，就走上了一条白花花的路。路的两边均是绿茵茵的甘蔗林，风一吹，泛起一阵阵太阳的白光。

我远远跟在后面，见几个水河新寨的年轻人，骑着摩托车过来，看见送葬的队伍，便停下，直到队伍消失在岔路的林荫中，方才起动摩托。问之，言不来往。我没有去坟山看下葬，据说，坟山是一片茂密的森林，平时从未有人敢去涉足。多年后，埋此人之土，完全又可能埋入另一个人。不是低调，这才是真的入土，成了土的一部分。最大的禁忌是，入土时，生人不能把影子投入坟坑，投入就会被一起埋掉。

当我转回寨子的时候，寨子是空的，刚才观看葬礼的那些人，不知去哪儿了。寨子的木板墙或柱子上，到处可见一些奇特的符号。亡者之家的门口，杀猪用的火还燃着，一个小伙子静静地蹲在那儿，红色的 T 恤衫，背上 8 个字：“宗申双核，赛车动力。”想必是买摩托时厂家所赠。转到寨门处，有一公共厕所，上有两幅标语，一幅是“家长辛苦九年，孩子幸福一生”；另一幅是“少生奖励，夫妻受益”。往乡政府方向走，杂草丛中的一间土坯房，墙上也有一幅标语：“世界再大也不怕，学好文化走天下。”

七

刘铖和小白，有事回了景洪，我一个人就在一家没有名字的小旅馆中住了下来。到吃饭的时候，同样去一家没有名字的饭馆吃饭。旅馆的主人，开了一家百货铺，门前摆一张麻将桌，从天亮到天黑，都有人在那儿打麻将，饿了，就在旁边的一个米粉铺上吃碗米粉，然后又接着打。从我住的房间往外看，可以看见竹林中的傣族寨子黑龙潭。寨子旁边有一水库，整天白晃晃的，风一吹水，水上的光就一闪一闪的。这间房子，估计某个下乡的干部住过，电视机旁边遗下一张报纸，上面有篇文章，说的是勐海 2006 年的茶叶生产与销售情况。文章说，2006 年，勐海县有精制茶厂 82 家，产精制茶 1.3 万吨，实现茶工业产值 5.7 亿元人民币，农民人均收入达到了 1200 多元。茶企业上缴税利 2500 万元，银行存款余额达 23 亿元……

从我住的旅馆走路去黑龙潭，只要 10 多分钟。我没有沿着大路走过去，而是从水库边绕着过去。水库的旁边有一所中学，田径运动场上长满了荒草，旁边的一棵大榕树上，有几个疑为逃课的少年坐在上面。那真是一个天然的藏身之所，要是他们不讲话，你从树下走过，肯定不会发现他们。可以肯定，那是他们的空中乐园，在我的注视下，他们像猴子一样，从一根树枝窜到另一根树枝，轻盈、迅捷。但当我把相机镜头对准他们，他们迅速地把屁股朝向树底，不配合。待我走远，听见他们一齐模仿做爱的声音，激情、高调、起伏有致又不管不顾。

水库边上养鱼，浮着一间微型木屋，门上伸出两个狗头，见了我，就是一阵狂吠，弄得木屋在水面上波动不止。水库边有一荒地，野草齐腰。中间有两块新垦的活土，分别插着两把雨伞，觉得奇怪，便拍了几张照片。远远地看见一中年男人赶着一群牛过来，我便迎上去，问他那是什么，他说：“傣族人的坟。”坟也是平的，几年后，雨伞破了，野草长出来，不知道有多少人记得，那下面埋着人。

早上的黑龙潭，也是个空寨，几个黄颜色的小和尚在打桌球，另外一个小和尚骑着自行车在寨子里飞奔。

八

肖志欣是那一场葬礼上最忙的一个人，从砍树棺到下葬，她一刻也没离开过。至亡者入葬，她才抽身引导我，去水河新寨拜见寨中“贝毛”（祭师）。出其家门时，又见其家女儿盛装，遂叫她们站在门前合影。那道木门，经年累月，贴满了港台男女明星的照片，不下 20 张，有古天乐摆酷，有梁咏琪做淑女状，有谢霆锋一脸凶气，有郑伊健胸上文身持长刀的样子……明星照垫底，上有春联是中国电信的赠品，联云：“万事如意全家福，一帆风顺家业旺。”印象中，明星中间，还贴了一门神，好像是关羽。家挂明星照，已成习俗之势，我到过的山野人家，莫不如此，就连新寨的“贝毛”家中，也不免俗。

“贝毛”，60 岁左右，一脸的亲和与慈祥，见我们入其家，便招呼吃饭。他说哈尼语，与肖志欣对答，我偶尔插言，他亦能说一些简单的汉语。他的家在寨心的旁边，屋内格局与肖志欣所住那户

南糯山

人家相同，但明显可以感觉到，他家经济条件要好得多，且非常整洁。新买来的沙发靠墙而卧，肖志欣没坐，他的儿子便把沙发搬了过来，一定要她坐到那床单罩住的沙发上。听说我们已经吃过饭，一家三口也就没多客气，自顾吃饭。饭间，“贝毛”之妻偶尔站起，为我们盛茶水，“贝毛”则拿来一盒饼干。由于肖志欣的哈尼语显然还难以和“贝毛”进行深入的交流，所以，当我们坐在“贝毛”家看了一段时间的用缅甸语制作的卡拉 OK 音乐之后，饭后的“贝毛”，取来一张自己刻录的光碟，陪着我们看。光碟的内容，是关于“相剁剁”：深夜，杀一只山羊于寨门外，置钱币等物于地上的芭蕉叶上，“贝毛”在暗光中，平静地念经，语调平缓绵长，持续时间近一个小时。其内容多有重复，据肖志欣讲，关注的核心，总是生活的平安。“贝毛”口中的语词，大都是日常生活的具象。我是听天书，不知所云，只能从那暗夜、神秘的文字、山羊、沉默的围观者和偶尔闪过的亮光所共同组成的气氛中，觉察到，仿佛有一股力量，在把困扰人们的鬼邪之物，往黑夜的更深处驱赶，让它们远离人居的寨子。而被驱逐者不可见，在空气中，在具体的物件上，无影无形无声，它们并不想走，所以，作为人鬼之间的“贝毛”，献之以牺牲。子曰：“祭如在，祭神如神在。”一样的道理，祭鬼鬼亦在。做过云南姚安知府的明代卓越的思想家李贽（回族人，原名林载贽，字宏甫，号卓吾，别号温陵居士，福建泉州人）在其《焚书·鬼神论》中曰：“小人之无忌惮，皆由于不敬鬼神，是以不能务民义以致昭事之勤……”说到人之所以怕鬼，他说：“乃后世独讳言鬼，何哉？非讳之也，未尝通于幽明之故而知鬼神之情状也。”不敬鬼神则不知敬畏，以为天地万物都可玩于股掌，类似的人不少。而人之所以怕鬼，乃心鬼作怪，人若如“贝毛”，对鬼敬之，则可驱之。鬼之情状，几人能见？大都是心造的幻境。少年时，在老家，我的一位大爷说，以乌鸦血涂眼，就可以看到鬼的世界。他之说，方法论，但没人敢亲历，乐于心想，乐于自己跟自己的影子战斗。

“贝毛”之经，全靠口传心记。现在寨子里的年轻人，无心于此，每到夜中，便骑摩托车下山，喝酒去了。他之法，相信会成绝响。由于普洱茶热销，茶园面积极大的南糯山，茶农收入颇丰，是以多数的年轻人都购置了摩托车。据交警部门的朋友说，近来在僾尼人中，曾发生了两场“决斗”事件：为了得到一个女孩子的垂青，两个年轻人，骑车来到高速公路上，分立100米左右的路的两端，加足马力，狂飙一样对撞……

从“贝毛”家出来，夜已深，寨心广场亦黑黢黢的。从新寨返老寨的道路两旁，萤火虫跟天上的星星一样多，像寂静世界的舞台上的布景，至于上演的歌剧，来自青蛙。可以想象，在青草和甘蔗林中，肯定集中了全世界的青蛙，它们一起鼓着腮帮，拼命地高歌。送肖志欣返家，其家对门的一户人家，有人吹笛，有人唱歌。歌不是什么古歌，《边疆的泉水清又纯》之类。唱什么歌很次要，触动我心的，是这样一种劳作之后的家庭生活。它远了，远如传说，是夜，却让我在水河老寨遇上，仿佛看见我那去世多年的老外婆，一头银发，笑盈盈地又回家来了。

九

离开南糯山的时候，我又在其寨门前踟蹰了很久。这个哈尼语称“勒坑”的地方，仿佛一个世界的出口和入口。类似的寨门，南糯山有很多，但规模稍小，却更直接。比如一男一女的木雕，在山上是裸体或以男女生殖器代之，在这儿却是盛装。寨门分三种：前门，全寨活人进出的圣门和净门；后门，死人出进，通向山野；侧门，家畜及因事故而死者进出，乃不净之门。正门的门顶横梁上，端坐木雕鸟阿吉，它是天神的坐骑，是寨神降临的象征，能拒恶灵于寨门之外。之所以立狗之木雕，他们认为：“狗血淋洒之处，即是人鬼的分界线。”在他们的文化谱系中，人鬼本是双胞胎兄弟，但人鬼不合，见面就有争斗，为了平息事端，天神摩咪拉下夜幕遮住了他们的眼睛，并趁机将他们分开，划地为界。也因此，僾尼人忌生双胞胎，一旦生了就被视为恶灵，溺婴，并将其亲人赶出村寨，以火焚其屋，一年之内，不准与寨人交谈。

关于寨门，门图和高和所编的《爱伲风俗歌》中有《寨门神献词》：

哦，神圣的寨门神，
今天是老扛阿培（竜巴门节），
是个吉利的日子，
我们用新鲜猪血，
我们用喷香的米酒，

祭祀你……
哦，吉祥的老扛然明（寨门女神），
威严的老扛然优（寨门男神），
你们是山寨的卫士，
你们是山寨的眼睛，
你们有无比的神力，
你们有非凡的智慧，
你们有超人的胆量，
你们替嘴玛（寨主）守寨门，
你们为山寨驱鬼邪。
因为有了你，
山寨才会安宁；
因为有了你，
五谷才会丰登，
六畜才会兴旺……
寨门上有九个台阶，
台台上面都有猫狗虎豹站立。
门柱边挂着木刀木枪和梭镖，
神男神女两边站，
把不幸和灾难挡在门外，
将吉祥和如意送进山寨。
哦，神圣的寨门神，
威严的寨门神，
你是一棵参天大树，

不会在旱季里枯死；
你是一块巨大的磐石，
不会在狂风大浪前动摇。
鬼神在你面前却步，
病魔在你面前低头。
哦，神圣的寨门神，
威严的寨门神……
但愿你不要让我们失望，
这是嗤玛的吩咐，
这是寨人的祈求。

寨门旁的木雕男女，更多的是利用人形的树丫，顺自然之势而雕成，基于生殖与繁衍，突出男女生殖器，有的甚至将男根和女乳涂成红色。也有寨门，男女木雕并排而立，男女互执对方的性器官。至于木雕交媾者，也有。

据说，每年樱桃成熟的时候，就是僾尼人立寨门的时候。寨门竖起，在肃穆的气氛中，参与之人，都要气沉丹田大喊三声："杀！杀！杀！"杀什么？杀寨门之外的辽阔的世界上的鬼。我所面对的这个寨门，已不是传统文化的那一类，它立着，只是一个象征。难道说，每次驱鬼，当人们挥舞着用木炭画满咒符的木刀，在"贝毛"的率领下，满寨做砍杀状，赶出来的鬼，也敢从此经过，一路地走到世界上去？

南糯山续记 / 079

一

我被卷入普洱茶的激流与暗流中，始发地就是南糯山。20 年前的那个春天，通往已经枯死的，也是最先被命名为栽培型茶树王的那棵古茶树的 800 级阶梯上，潮湿的枯叶紧贴着石块，石缝里新生的藤条仿佛蝴蝶从地心里牵引出来的装饰物。台阶两边，构树、栎树、桤木和红毛榉互相勾连却又彼此独立，已经开放和等待开放的花朵比乔木低矮但又高于藤蓬与草丛，以中产阶级特有的夸张品格无所顾忌地炫耀着浓郁的色彩和味道。不时有不同的鸟儿从台阶上空横飞而过，有鼠类动物惊慌、好奇地乍现于石台阶的中央。因为这石阶并不通向人们耕种的旱地，也不联结山中的几个僾尼寨，它是新创的朝圣之路而非僾尼人古老的生路与魂路，所以它的上面人影稀少，甚至长时间无人光临，长时间地属于雨水、冷雾、苔藓和蕨类植物。砍树棺的人、送葬与迎亲的人群、入山采茶的人，有时会借用一下它，它的记忆系统却陷于荒凉状态而未能留下深刻的痕迹。

这棵发现于 1951 年 12 月（1954 年蔡希陶先生曾实地考察并确认），枯死于 1995 年某一天的茶树王，僾尼人将其称为“沙归拨玛”，意思是“茶树的母亲”。根据科学家们的测定，“沙归拨玛”存世的时间只比《创世纪》中亚当的儿子塞特、塞特的儿子挪士少了 100 年左右，却又比希伯子孙之祖闪在大洪水之后所生的儿子亚法撒、亚法撒的儿子沙拉多出了 300 年到 400 年，也就是 800 年左右。在僾尼人的民间传说中，这位茶树的母亲虽然没有奉神之名担负着创立茶国至高范仪的使命，而且是人国之外另设的神祇，但她因人而生和为人所举赞而形成的神一般的形象，在僻远的边地文明中已经足够高大。尤其是当人们发自内心地认定她就是茶文化的源头，常常会忽视“栽培型”这样的人工痕迹，同时还会忘记800年的存活时间显然不是创世的时间这样的常识，倾心地将她安插到了大洪水时代或冰川横行时代所遗留下来的植物队列之中，视其为始祖。告诉前来祭拜的人们：在漫长的僾尼人史诗般的生命传承史上，“沙归拨玛”一直有云霞所笼罩，有金蛇护卫着她的每一根枝条和每一片叶子。这一场造神运动旷日弥久，非某一代人在某一时间段上的即兴之作，而是一代人接一代人火炬接力式地延续到今天。这当然就会让我们在体察如此宏阔的史诗结构的过程中惊讶地发现，在谁也无力改动的创世史的页面上，尚有一条条创世的支流在起源、在流淌、在哺乳。它们有悖于神示的纲常，却因为匿身民族存在的需要而另成一座座巴别塔，并由此产生了同样令人怜惜的热情、美德和宽慰。谁都知道另设神祇意味着迷狂与风险，可谁都又知道，在重重迷雾中行走，不同道路之上的人们得以集合到一棵母亲般的树木之下，这棵树一定在人们的见识之上，领受了神的使命。

我来到“沙归拨玛”所在的地方，因为生命力的衰竭，抑或因为各种专家保护方法的失当，她已经在4年前就往生了。祭坛阴冷、空寂，1990年冬天赵朴初先生在西双版纳考察时题写的“南行万里拜茶王”7个字镌刻在一块横卧的巨石上，已是陈迹。据说，赵朴初先生当时听闻南糯山中的“沙归拨玛”，意欲再次践行自己“祝我茶寿饱饮茶，饱看奇峰饱看水”的夙愿，以拜谒者的身份来到了南糯山下，但却因为雨水的阻隔未能登山行祭拜之礼，只好怅然而归。

其诗“七碗受至味，一壶得真趣。空持百千偈，不如吃茶去”中的“空持”之偈陀，“沙归拨玛”也应该使之更为空深了吧。4 年后他未能拜谒的茶树王归去，10 年后先生亦去，仿佛两位行愿者有着一份别世的约定。他至别世时，想必茶树王已经重生，欣欣然弥漫着神赐的一派新生命的气息。

二

按照人体结构，选址、布局
设计，它是一具打开了
平躺在坡地上的人体。右手，勤勉
鲜活，孔武有力，对应的寨门
挂满了阳具，出入者，都是活着的人
左手，激进，异端，决绝
每一毫米的空间内，都藏着葬礼
那儿的寨门，对着荒山和落日
专供死去的老人，头也不回地远去
左脚所在的地方，鲜花盛开
香樟树，鼎盛，茂密，华丽的寨门外
流水淙淙，徘徊着一个个早夭者
香艳的灵魂。右脚具有阶级性
象征它的寨门，就是几根竖着的
没有任何修饰的、卑贱的杂木

在那儿，跑来跑去的，全是牲畜
寨子有一颗心脏，众神在那儿放声歌唱
人们躬身而来，净身，献上牺牲
匍匐在地，洗耳恭听，然后领命而去
头颅，往往是一座山岗，壁立千仞
高不可攀，住在上面的
是太阳、月亮和星辰

写作这首名为《僾尼山寨速写》的诗歌时，我住在格朗和乡政府所在地的一间乡村旅店里。无数次到过的半坡老寨、姑娘寨、帕沙寨和水河老寨，它们像旅店的四面墙壁一样直立在我的四周。虫声唧唧，树影婆娑，神秘的夜鸟不时掠过，我头顶的天花板适时地变换为青色的星空，而且似有齐天的巨木沉迷于在夜间清除多余的叶片，并将叶片撒向星子与星子之间的空隙，让星空里多出了一片片发出金属响声的阴影。夜已深沉，盘山路上金钱豹一样出没的摩托车与皮卡车不见了踪影，那些行在路边白线上的，人们的目光发现不了的幽灵，此刻刚开始以恍惚的形态和低沉的声音，激烈而又压抑地来到一个个寨子的边上。作为时光的牺牲，它们带来了祝愿与忠告，也带来了隐秘的死亡对生灵的无限深情，也许还带来了永远无法稀释的另一个世界对这个世界的愧疚与仇恨，但不管它们的内心情绪如何复杂，它们在眺望整个寨子和它们曾经分别寄寓的竹楼时，目光仍然是亮的，故意缩小的，天上的星辰一样清澈，地上的萤火虫一样温暖。我甚至能听清它们急促的呼吸、心跳和它们围着寨子奔跑时并不落地的脚步声。所以，我是如此的急不可待，期望能从它们的视角中去发现僾尼山寨的精神雕像，进而找到日常生活中那绝对客观的惊人的想象空间。一种我们得到了又丢失了的空间。一种我们深感抵达不了却又生活在其中的空间。一种我们能用具象表述却又难以付诸语言的空间。一种超越了身体与思想却又遁迹于身体器官之内的空间。在这个空间里，一个寨子的命运与格局，一直在沉默地揭示着某个具体生命的具体器官的隐私与象征性。

这些年，我一次次到过哀牢山、乌蒙山、横断山和不少的不知名的山。很多山中小镇和寨子因为人力外出而日渐清冷，甚至沦为废墟，特别是另起炉灶建设新农村集镇，那些搬空了的旧日村寨，当你走进去或站在旁边的山丘上俯瞰，你都会发现它们的灵魂已经不在了，整个村寨包括祠堂、水井、果园、墓地、公共设施都在寂静地腐朽着，朝着地下沉落，而那些屡遭伐除的树枝、荒草和剑麻则在疯狂地上升着，带着蛛网、尘土和潮湿的空气。果树无人照管和采摘，树底下腐果一层接一层地向上堆积，房屋前后、路边、桥头、寨子中心的空地上，被遗弃的拖拉机、面包车、摩托车、自行车部件生满了红锈，平放着的橡胶轮胎的圆形内室里，蒲公英终于长得像白菜一样高大……但在南糯山上，每一个寨子尽管也存在着人力外出的情况，可寨子的灵魂因为寨子的人体结构而始终不曾消失，那些外出的人也不会一去不返，反而会带着收茶的人、种香蕉的人、种香料和类似马原这种寻找“异托邦”的人，以及观光的人，成群结队地回来。在神龛下的火塘边摆满美酒，在寨心柱的边上点燃篝火，以狂欢的方式展开自己的日常生活画卷。20 世纪 30 年代末期，白孟愚在石头老寨建厂制茶，范和钧亦在石头寨埋下了勐海茶厂的奠基石，以此为普洱茶文化的分水岭，现代文明之光在之后的岁月中开始烛照南糯山乃至澜沧江两岸所有的古老茶山。灯塔、纪念碑、新生的伟大灵魂，人们一度以为这两个茶厂就是南糯山扶摇直上八万里的人间巨翅，南糯山的灵魂一定会由寨心广场变为孔武有力的机械设备。事实上，在原生文明采取包容的姿态迎接现代文明之时，现代文明往往会在时局和时运的支配下逐渐淡出原生文明的宽幅帷幕。横空出世、拔地而起、石破天惊，巅峰文明推出的新事物，开始时总会令人神魂颠倒，可随着数十年沧海桑田的戏剧性变化，随着厂房的移走，一场本以为必将发生的换魂运动便戛然而止。但奇妙至极：南糯山也没有因此而成为现代文明即兴之作的废墟，它的魂魄包括石头寨和姑娘寨个体的寨心仍然岿立不动，它们不仅坚守着对高高在上的太阳、月亮和星辰的信仰，还从这风暴似的现代茶叶文明的革新之举中汲取了充足的养料，在“沙归拨玛”四周的山坡上，将一首首采茶歌唱得比任何时代都音域辽阔。白孟愚和范和钧建盖厂房的地方，废墟是无形的，它们旁边出现的茶厂多得数不胜数。离“沙归拨玛”不远的山坡上，有一家茶厂名字就叫“沙归拨玛”。

“沙归拨玛”枯死了，人们在半坡老寨的茶树林里又找到了一棵树龄与之相当的茶树，把它当成了新的“沙归拨玛”，一年一度的祭拜，盛况空前。我的茶人朋友刘铖的家，与半坡老寨隔着几道山梁，祭拜活动开始，他告诉我：“感觉那叩向山坡的头颅，已经把整座南糯山敲击得晃动起来了！”想想那场景我亦能觉察到自己所在的乡村旅店也开始了剧烈的晃动，我正在专心审视的一座座僾尼山寨却像入睡的人体，平静而安详：它们崇尚月亮与星辰，但当身体的内部出现了至美的梦乡，它们不会离开身体半步。不会的，向内，一直向内，那内心至深处，归来的祖先正围着寨心的立柱翩翩起舞。

那儿的每一棵茶树，都是祖先的肋骨，都是“沙归拔玛”，它们生死之间没有界限，每一根枯枝上都缀满了吉祥的胚芽。

三

在马原的中篇小说《姑娘寨的帕亚马》中，“我”找到了僾尼人的祖先帕亚马，他将“我”带入了一个神秘莫测的梦幻世界。而当“我”默许儿子沿着“我”的路径去寻找帕亚马时，儿子找到的却只是南糯山中的一个普通茶农。这是祖先身份的血缘式循环？还是一种命运在迥异的空间内展示其非凡与平凡的两种面貌？抑或这仅仅只是不同的目光在端详某一种事物时所见的同一种真相，他们只是外形有别而已？当然，还有一种可能：“我”遇见的神奇，在儿子那儿已经彻底地还原为弑父般的日常精神实质。以上四种猜度，可能只适用于对南糯山和僾尼人有着深入体察的人群，在旁观者和读者群中，也许人们更乐于接受这样的观点：《姑娘寨的帕亚马》乃是马原隐居南糯山后自主的一次灵魂皈依仪式，他在向南糯山献上投名状并为自己填写一张有出处的身份证。

马原初登南糯山时写过一篇短文《南糯山记》，兹录于此：

西双版纳有座南糯山，在景洪偏西方向大约二十几公里。南糯山是有历史名堂的地方，赖因其古茶园遍布山中各处。发现南糯山，我以为是马原的慧眼，出去一张扬，方知又闹了笑话。

谢有顺表情极淡然，说每年都要跑南糯山，至少一次。雷平阳更甚，居然是南糯山数十年的知己，山中大小茶厂的主人都是他的挚友。呜呼！悲夫！头彩早让别人抢了，我的自鸣得意连一个月都没能维持住。

但是他俩也不可以得意很久，因为我意欲做一次超越，把两个好友甩到身后。各自与南糯山的渊源当然无法改变，尤其对平阳兄我唯有甘拜下风。我的超越不可能在昨日，但明天的事就难说了。平阳之于南糯山，再怎样熟络也只是它的客，如此而已。基于此，我的机会也就来了，倘若——我现下只能说倘若——我把南糯山据为己有，我可否自夸将平阳兄甩掉了呢？

就说说我的南糯山吧。西元 2011 年 2 月，我和默默在微博上说话，知道他在西双版纳猫冬写作，就约好了去看他。他和他的朋友虚度在午夜接到我，之后一起吃夜宵。虚度小我 4 岁，已经携妻儿迁居版纳有年余。当晚提到南糯山，说虚公已在南糯山拿了一块地，准备在山上终老。说山上乃仙境也，古茶林有数百年风华。次早便一同上山，途中说到山上的一个神人虞凡丁。先说他是美食家，又说痴迷于普洱之道，正追寻古法于山中炼制茶丹。当时只说说，这耳入那耳出，根本不走心。虚度带了若干食材上山，说是受虞公之嘱。见面了，却无论如何看不出是上海男人，而且已于山中蛰居 6 年。其妻是我的同乡、邻居，父亲与我父亲居然是同一单位处室。如此的他乡遇邻，堪称奇中之巧了。锦州未尝有遇便也罢了，同为上海居民，沪上也没缘得遇，这也没什么奇怪，但是在中国西南边陲勐海的一座小山上碰面就绝对不是寻常之遇了。言下知，两家的距离在两百米之内。马原已经到了南糯山了。

凡丁兄正如默默所说，是位真真正正的神仙。6年前他还是上海莫干山路50号中众人皆知的装置艺术家，现已经变身地道的勐海土著。终日奔走于南糯山大小沟壑之间，采尝百草，遍访鬼魅，又夜读古今中外圣贤，俨然山中灵媒。我格外注意到他的两手，竟皲纹纵横，裂隙交织，与山民茶农一般无二。

南糯山令虞凡丁着迷，上海的艺术殿堂关张，寓所卖掉，加入南糯山姑娘寨僾尼人当中，成为寨子的一户村民。虚度兄也在他近旁，毗邻而居的还有版画家周军。

姑娘寨在半山，13户原住民都是哈尼族的一支，称僾尼人，亦称阿卡。虞凡丁、周军两位皆已被接纳成为寨中新住民，虚度是租地户，拟建南糯书院，同样被村中高度认可。

整座南糯山有6个寨子，皆以茶为主要生计，且已经数百载如是。其古茶树在整个滇南产区闻名遐迩。姑娘寨位置最佳，刚好居于云雾线之上，但凡有云雾的季节，祥云瑞雾终日弥漫于眼前脚下，滋润着环布山间的百年老茶树，将日月风雨之精华注入其中，令南糯山古茶悠远而神秘，成就了真正意义的传奇。南糯山比拟仙境也不是不可以，但我不认可这样的评语，南糯山自己就是仙境本身。也如是说我马原，我又何须以马原去比拟呢？就是这个道理了。

我马上想入非非，立意追随虚虞二公上南糯山去做姑娘寨的新住民，就此完成对平阳兄的超越。当然想法只是想法，在中国做此等梦想者多矣，能圆梦者少之又少。难虽难，却也并非难于上青天；虞公不就是榜样吗？尚且有他着意相帮，梦或许有成真的可能也说不定呢。我上了一趟南糯山，遂有一个关于姑娘寨的美梦。

下山回海口我家，把梦讲给我老婆听，老婆当了真，几番询问、讨论下来，竟也应允让我再上南糯山寻地寻迁居之可能。其间周军、虚度都几度为我看地找卖家，但我期待着虞凡丁的电话，毕竟他早成了姑娘寨村民，他的消息让我觉得离梦更近一点。

有了他电话的次日，我在一个月内两上南糯山。我不是住在景洪，我住海口，所以两上南糯山并非如说来那么容易。但是没有比换居住地更大的事了，就算不容易也要上南糯山。这一次的心境如过山车一般几上几下，幸亏心脏健硕，不然一定肝胆俱残。

周军问到的地块在南糯书院用地上方，奈因形势狭长，不宜建大宅只能弃之。虚度看中的在姑娘寨以外，也暂且搁置不论。虞凡丁看好的则在他自己宅基地旁侧，诸方面俱佳，但无法购得，给我兜头一盆冷水。虞公用心细密，还有一块备用之地，但是其上方有三五户住民，如此，不和我所期盼之格局，又作罢。心落谷底，很失望，也很绝望。因为虞公对寨中所有地形地貌都了如指掌，他说再没有更好的地块，我深信。也几乎断了念想。

虚度忽然灵光乍现，说姑娘寨之上地，且是南糯山地王；虞公说知道那块地，也知道归属有争议，无人能靠一己之力解决。此时，天色向晚，该上归途了。虚度说，不妨看一眼，之后再做计议。就去看了。

真是好地块，居于山梁末端的一块台地，视线极其辽阔，背依茶山，古树环绕，是大行政村的属地。忽然想到雷平阳，他是大家，在云南家乡影响极广泛，也许他能助我圆梦。平阳果然法力无边，他告诉勐海的地方政府人员，说有位上海同济大学教授，有意落脚南糯山读书写作、颐养天年。当地政府表示非常欢迎，并具体探寻将马原书舍置于南糯书院之中，让我成为勐海南糯山姑娘寨之荣誉村民。是为我之《南糯山记》。

——2012 年 3 月 11 日晨于版纳山语林溪

在这篇短文中，南糯山还是马原的别处，心向往之的某个可以指认的地方。可当建筑范式迥异于土生建筑的九路马书院出现在姑娘寨原始森林下方的山坳上，马原已经是山毛榉旁边，移植而来的一棵地标性的与“沙归拨玛”互相映衬的景观奇木了。他为什么将他的茅庐、精舍、林荫小筑、幽居命名为“九路马书院”呢？我也不知道。

“对面的基诺山上，人们把人、鬼、神集合与送别的地方，称之为九岔路口，你把自己深居的住地命名为九路马书院，不怕犯忌？”我第一次造访九路马书院时曾这么问过马原。

马原睁圆了他那一双铜铃般的大眼，一脸笑容，俯望着我：“是吗？那太好了，太好了，说明这名字起得太好了！”至此，我认定马原灵魂高过俗尘，乃是一个“贝毛”一样的人物，擅长于以人的

身份与鬼神打交道，九路马书院自然也会是南糯山上人鬼神往来不息的一个浩瀚场所。投身山林，自然有着众人皆知的病因，但马原肯定比谁都清楚自己有着一个自给自足的精神整体，他已经不愿在上海或海口的闹市中去冒互相依赖的风险，既然独立与隔离已经成为日常，长安街或南京路与南糯山还存在着什么区别呢？别人为纯粹的独立而备受煎熬，甚至用一生去准备，他来到南糯山，便造了一座独立之塔并拉响了大钟。

四

九路马书院坐落在云雾线之上，取势，得势，眼界辽阔，可谓别立机杼，其胸中之经纬大抵是成就于传统文化的习性。在烟火弥漫、神山鬼事的南糯山主体文明中，人们似乎更偏向于沉潜与避世，一意孤行地将“现在”安置在山背后、密林中、云雾里。“一味轩”茶庄的主人刘铖，从小生活在雨林，出山卖茶，挣了一点钱，而且在景洪城里安了家、置办了茶铺，风生水起，被不少外地人所看好。可让看好他的人茫然失措的是，收谷花茶时，还在他一尘不染的茶铺里煎水品香，再赴景洪寻访明前春茶时，茶铺已经换了主人。卖了茶铺，房产也卖了，对城市生活忍无可忍的刘铖挈妇将雏，移居到了南糯山中一个人们看不到的、必须要由他亲自带路才能找到的山谷里。入院的土路野草没膝，院子四周长着多依树、竹丛、芭蕉、古藤和苍松，6幢用旧木搭建的房舍分别是起居室、茶餐厅、客房和仓库。一泓源自山上的甘泉直接汇集在茶餐厅外的一丛竹林间，如果人不走动、不说话，没有清风入谷，院子里能听见的就是煎水的声音和鸟鸣，白雾与阳光一天之内数次轮流到访，洁白的天帐，金色的虚空。院子靠西的斜坡下，有一座无人垦殖的土丘，杂木林葱郁如深渊，亦曾是迁走了的布朗人的缅寺，仅剩的地基里，偶尔前来讨口茶水解渴的过路的“贝毛”说，可以听见诵经的声音像“地下的蝉叫”。

“没想过在你租下的姑娘寨茶园边建房居住？”

“马原老师和你这样的作家才会那么做。”

“你是优秀的茶人，不想离沙归拨玛近一点？”

“不想，只想听看不见的和尚诵经。”

“住到这儿来，对茶叶销售一定会有影响。”

“雨林里的文身师来去无踪，可总有人在等他，或在某条林中小路上遇见他。茶叶不是卖出去的，而是有人前来找它，带走它。它从来不着急。”

“一旦茶叶着急了，沙归拨玛也会有枯死的一天。”

“一旦着急了，南糯山也会变成荒山。”

“其实，我也想过要不要来南糯山居住。”

“如果你来，靠近松树林的那间房子就是你的书房。”

一边喝茶，一边与刘铖闲聊。相识 10 多年来，这个外表时尚、果决、热情似火的人，我没想到其身上向内的力量竟然远远强大于向外的力量。普洱茶价一路飙升之时，我一度以为他会像有的茶人那样，肩上扛着一棵古茶树，满天下布道、卖茶，过一种话语中超凡脱俗现实中却纸醉金迷的生活，殊不知他却买山栖遁，与喧闹的茶市渐行渐远。

南糯山中，除了刘铖，我与诗人石头还去拜访过作家罗云智更加隐秘的“半坡云雾”山庄。对南糯山稍具常识的人都知道，半坡老寨就在景洪通往缅甸的公路边上，坐落于半坡老寨的“半坡云雾”理应是个显眼的所在，没想到汽车从公路边的一个岔道口进入之后，沿一条小河边的便道往深处行进，我们顿时感到自己误入了一座丛林、河流和山崖组成的迷宫。蛇形，窄桥，上山，下坡，只够汽车惊险经过的便道处处都是关隘和险阻，仿佛一条建在遍布风险的深山老林里的汽车障碍赛跑道。待四周的青山纷纷向后退出半公里，天空尽可能撑大了几百亩的面积，这才看见一大片古茶树如老道士一样列队站在一座斜坡上，茶园中间露出了几片屋顶。入山的便道虽然不好走，可“半坡云雾”所在的古茶园却是我见过的南糯山上最美的茶园。碧岩，绿树，河流，丘冈，草甸，虫羽，洞天，流云，受限而又清澈的光束，不与寨子厮守却又是寨子的灵魂。尤其那明亮的水声近在耳畔却又像出自天上的银河。而茶树，这些躲开了人潮人海的茶树，由于主人无心采摘与加工，它们可能是此山之内唯一自由生长并得以保全自己的茶树。是的，唯一的，它们与多依或桤木无异，退回植物本身，不嗜化肥与农药，不需要向土地的主人上缴任何税金，树枝上也不会有人前来挂牌或照相，真正的自然之子，不知魏晋，不知什么是普洱茶，更分不清生饼、熟饼。我和石头从它们中间的石径上走过，刚下过的那一场雨，雨滴还在一片片肥长的绿叶上朝着太阳泛出清洁的微光。石头说，我俩就像两个俗汉闯进了女子学校课间操的队列。

林地的所有权人是罗云智的弟弟，在此筑几间小屋藏身，他说他是挂单。“住在这儿，而且是谁也不知道你一个人住在这儿，遇到终日大雾的天气，你会觉得整个世界一片白茫茫，虚了，空了，近在眼前的东西也显得不真实了，就好比太平洋里只存在着一条不想游翔的鱼。可这样的时辰，你不会觉得孤独，反而会有一种解脱感。理应漫山遍野涌来的失落、恐惧，因为你对周围存在的或可能存在的有形与无形之物了然于胸，它们往往会用模糊的面具取代一切狰狞，用轻逸的云团抵消扑面而来的绝壁。而且我惯于沉浸在这样的幻觉中：整个山体世界其实就是一座月光笼罩下的寂静的寺庙，那些生长茶树及万物的青峰，只有在白雾萦绕的时候才会显现其菩萨的圣迹……”所以，罗云智与刘铖在生命观上，如澜沧江两岸受恩于南传上座部佛教的普罗大众一样，无论思想还是肉身，都是主动地、自觉地将自己安放在万物的中间，并心甘情愿地臣服于山水、草木和人世间不朽的神灵。

“人类的生存空间，是野草和树木作为神的使者而让出来的，人类不能妄称主人。”罗云智是垦边的第二代湖南人，他生于斯、长于斯，骨头缝里即使长出植物，也已经是芒果树或芭蕉林，不再是湘水边上的垂柳。

石头闭目轻诵：“南无阿弥陀佛……”

我端着一杯林地工人采制的春茶，一边闻香，一边从小屋中移身至屋外的木椅上。太阳西斜了，西面山峰的阴影正慢慢变大、变长，如旧宣纸上的一片饱满的正在浸漫的水墨。有的鸟群正从山脊线上翻飞而下，有的鸟群则从林地上起飞前往石头老寨的方向，向内或向外，它们的翅膀与叫声，都被阳光涂上了一层金粉。

待阳光撤走，湿雾升腾，在清凉的水声中，几盘野菜、一壶酒已经摆上了木桌，其情其景颇似王维《山中与裴秀才迪书》中所述。只是少了“吠声如豹”与“村墟夜舂”，以及隐钟，尽是“临清流也”与“天机清妙”所带来的不急之趣。而当一轮圆月步至中天，我与石

头已经醉了。醉眼里，一山一岭，全是弥勒佛的笑口和金刚圆睁的怒目。

五

曾经当过勐海县副县长的哈尼族女作家明追，在2018年嘎汤帕节期间，邀请了默默、李亚伟、段金华、胡性能、徐兴正、雷杰龙、段瑞秋、边八哥、邱晓灵和我等与文学相关的人去她家吃烤肉、喝烧酒。她的家也在半坡老寨所辖的南糯山脚底下，坐在她家的茶室里，就能远远看见南去的高速公路上飞驰的汽车。南糯山的雨水一直在淅淅沥沥地下着，我们围坐在新房的一楼和二楼的两个茶台边，喝茶、吃橘子，漫无边际地聊着东北人南迁西双版纳的人数、景洪城的房价、用大象贩毒的人等等冷冰冰的话题。一些迟到的人挤不进茶台边的座席，就去干栏式老房子的一楼围观明追的弟弟在柴火上烤肉，其中有等不及酒席开始而又饥肠辘辘者，伸手就去火中抓烤熟了的肉条，边嚼，边嚷，好香啊，好香啊！明追也就顺势让人将烤肉一盘盘端到了茶台上来，哐啷一声，往桌面上放几把刀子，命令大家拼命吃，吃好，吃够，像阿城小说里说的那样，把肉吃醉。茶室里、屋檐下、走廊上，说话的人顿时没有了话说，歪着一个个腮帮子，大嚼特嚼起来。明追的家里，能听见的声音就是雨声和牙齿嚼肉的声音，当然，间或也能听见默默问李亚伟："亚伟，你吃第几块了？"李亚伟含含糊糊地应着，默默又说："一定要吃带着肥肉的那种……"待到酒宴正式开始，来客们早已一脸的油污，腹大如鼓，但还是一一入座，在诗人边八哥的张罗下，往钢化杯里咕噜咕噜地倒酒……

也就是这个时候，南糯山的大雾和勐宋山的大雾前来半坡老寨汇合了。岭上，林间，公路上，寨子里，再也没有一寸的地方空着，可以用来安插清晰的物器，那些高过屋檐的鲜红的三角梅，也在瞬息就被涂上了一层白染料，一丛丛芭蕉树，则像野象一样安静地卧伏在屋后。大雾入了酒席，在一张张桌子间热情似火地往来张罗的明追，高声喧哗的边八哥，伸长了脖子唱军歌的段金华，欲倒未倒仍端着酒杯喊喝的邱晓灵，以及酒席上其他人，整个乡宴本身，突然就被大雾拉回了几十年，或朝未来推进了几百年，变得不再真实，犹如进入了传说中或幻想里。但它不是黑白电影里的某个片段，也不是哈尼族歌唱家张波和蓝培歌声中无处不在的神秘月光里的一个幻象，它是正在呈现于眼前却又远在天边的镜像，是几十年后才会发生却在今天被触发的小概率唯美事件，是只会出现在梦境里却出现在了现实中的诗篇，仿佛祖先的灵魂穿上了洁白的衣服，无孔不入地前来参加嘎汤帕节。他们无所不能，把我们收容在他们的福荫之内，接受他们的祝福、恩赐，并在狂欢中等待着一场盛大的生命与时间的更新仪式。我向李亚伟和明追敬酒：“亚伟，明追，新年快乐！”

李亚伟和明追将酒一饮而尽之前，回了我几句吉祥的贺词，但他们的声音却像是来自雨林深处的两棵祭坛边上的构树。

六

上了南糯山，很多茶人都会沿着山脊，一路南行，过帕沙、广别，朝着布朗山而去。祭拜“沙归拨玛”或造访马原只是进入神圣茶都的一场仪典，疯狂的市场因素将布朗山塑造为高过“沙归拨玛”的神山之后，人们转山、朝圣的首选之山还是有着老班章和三垛山等财富策源地的布朗山。帕沙是南糯山上人们南去的最后一个驿站，而且在哈尼语中，“帕沙”也是驿站的意思，尽管这语言中的驿站，在过去漶漫的时光旅程上，特指地处帕沙西北的勐混与地处帕沙东南的大勐龙之间存在着长期的商贸往来，帕沙一直是人们投宿的中转站。大勐龙与老挝和缅甸接壤，三国之间的物资集散使之久历繁华，勐混和格朗和乡的山货以及帕沙的竹器，人背马驮运往大勐龙，换购回来的是布匹、铁器和盐巴。人们万万没有想到的是，为生计所迫，当这座驿站上的很多哈尼族人举家迁往当时还荒烟蔓草的老班章，开辟出了与西北连线东南的商旅之路交叉的另一条谋生之路时，却意味着古老的商路日渐式微，不得已的谋生之路却横空出世并成为今天普洱茶界的“天路”。

“有人在论及帕沙与老班章之间的渊源时，会这么说，那些从帕沙迁往老班章的哈尼人，仿佛是逃生却闯进了一座无人的、永远也开采不尽的金矿中。”在帕沙寨的哈尼韵茶坊，我有意无意地对哈尼茶人二大说道。

“哈哈，话可不能这么说啊，那些搬到老班章去生活的人，他们是祖先的灵魂带过去的，是祖先给了他们财富，我们一点儿也不眼红。而且祖先让我们留在帕沙，我们也心满意足了。2018 年的春茶，有的卖到了 6000 元左右一公斤。整个帕沙寨 1973 人，人均收入达到了 1 万多元，在格朗和乡名列第一，已经很好了。”二大边说，边煮一款他自认为“非常好”的老树茶让我喝，浓郁而又香足水甜，气韵厚软，我忍不住又问他：“这样的茶多少钱一公斤？”

二大微微一笑："总共只做了不到一公斤，不卖的，用来敬拜祖先，或给贵客品尝！"

"你家门前的这条路，还有做买卖的勐混人经过吗？"

"几乎没有了。但帕沙可以说仍然还是一座茶叶的驿站，勐海茶厂、雨林茶行、老同志茶厂、陈升号和斗记等著名的茶厂始终在这儿收茶。帕沙茶是谁也不想错过的好茶，虽然它的名声和价格比不上老班章。"

"是啊，2013 年左右我曾经有缘遇上过一款 2000 年左右的南糯山茶饼，就是用帕沙茶作原料。该茶汤色、滋味、劲道、留韵等综合性妙至毫巅，被彭哲先生称为版纳第一饼呢。"

"绝对相信你说的是真实的，老祖先就曾说过，南糯山的茶太讲制作工艺了。一个制茶师傅手艺的好与差，就看他在看茶制茶这一关上有多大的能耐，做好了独步天下，做得不好也就非常普通了……为此，我也经常跟那些从家门口、茶地边经过，前来讨一口茶水解渴的人说，你们停一下，静下心来，认真地品尝一下。如果真的对茶有认识，就不一定朝着布朗山而去了，可真正心甘情愿地留下来的人不多。这路上走的，多数是商人，自己爱茶又懂茶的人只是少数。"

我们聊天时，果然有前往布朗山的多辆越野车停下来，几拨人进了茶坊，或问路，或讨几杯茶水囫囵吞下便扬长而去。一辆辆汽车车身上贴着的"祭拜茶源，问茶版纳"之类的招贴画扑满风尘，但仍然十分醒目。

一

李贽的《焚书·琴赋》记载："白虎通曰：'琴者禁也。禁人邪恶，归于正道，故谓之琴。'余谓琴者心也，琴者吟也，所以吟其心也。人知口之吟，不知手之吟；知口之有声，而不知手亦有声也……"7年时间过去，我至今不忘2000年春天造访布朗山时，在班章村听人弹月琴的景象。那是一个月光照白了万物的晚上，几个来自异乡的茶农，喝了一点酒，脚下有些虚飘，抱着月琴，踉踉跄跄地来到勐海茶厂的班章基地，在一块空地上，开始了弹奏。如果说所有的艺术形式都将借助于艺术家的意识性幻想和超意识幻想，方能感知现实时空内与彼岸时空内的各种关系，并在作品中表达出来，让其永久留存，那么，我所看见的弹奏则仿佛天生，"艺术家"只是这种"天生之物"连接世界的载体，甚至，他们乃是月琴和乐音的一个组成部分。在这儿，不仅有口之吟口之声，手之吟手之声，我所看见的弹奏者，头发、眼睛、耳朵、鼻子、嘴巴、喉结、手、胸膛、臀部、脚、衣服，以及看不见的体内之物，全都介入到了弹奏和妙音之中。他们甚至调动起了月光、清风、土地上的尘土和四周的林木，让月光有了旋律，让清风灌满了火焰与流水，让尘土具有了梦幻，让林木学会了瞬间的快速生长术……那一股不可捉摸的力量，让伟大的群山也乐于成为他们的舞台，主动地伏下挺拔的身躯，供其跳跃、腾挪、扑击。或舒慢；或寂静；或石破天惊；或将身体中的骨骼绷得咔咔直响；或让血管对接上清泉；或把舌头交付给夜鸟掌管；或将肺腑之门打开，钥匙是祭献台上的牺牲，放出一只只孟加拉虎、麂子和马鹿；或齐刷刷地把脊梁对着天空；或齐刷刷地跪倒在一根小草面前；或齐刷刷地大声哭泣；或齐刷刷地大声狂笑；或气若游丝；或模仿鬼神说话；或以玉米和茶树的模样贴着地皮……如果有一种纯洁等同于婴儿，有一种圣洁接近于经书，有一种开辟或说疯癫无异于魔鬼，我想，当它们汇聚在一起，有些艺术的巅峰之上，永远是巫的领地。我不迷信那些阳光灿烂、始终昭示未来的梦想之书，在我的琴弦上，跳跃或葬身的，从来都是人类无力破解的自然神力和生死谜局。

与我同行的人告诉我，这些弹奏月琴的人，不是布朗人。他们演唱和弹奏的，也不是布朗人的音乐，他们的弹唱方式，更不知来自何方。但可以确定的是，在弹奏到东方破晓、太阳取代月亮之时，他们最后弹奏的是一首古老的佤族祭拜土地神的歌：

寨子里伟大的社神啊，
寨子外圣母一样的河灵。
白露花已经开白了山坡，
我们要播种了，撒下小米，种下稻谷。
让它们进入泥土吧，
让它们在岩石上面也能发芽。
山雀飞来，请你遮住它们的眼睛，
松鼠跑来，请你捂住它们的嘴，
籽种也会疼啊，籽种也会哭，
我们敬奉的神明啊，
别让山雀和松鼠把它们吃光……

从夜幕初上弹奏到天地初分，他们中的每一个人，都像拧紧的发条或一如鬼神附体，弹之，歌之，蹈之，收放自由，人琴一体。身体的每一个器官均是那么的鲜活、敏锐，都仿佛是在为石头、植物、兽灵或任何一个物种代言。有拙朴、粗俗，有通灵、出尘，一种罕见的忘我与无畏与另一种常见的卑微与赤诚，死铁般地结合在一起，让人感到，类似的弹奏，是人、鬼、神一起完成的，尽管他们无意以鬼神的方式表达自己。途中，屡有人弹断琴弦，他们又在黑暗中，熟练地换掉，退出与重新加入，不留一点痕迹。

我亦无心知道弹奏者来自何方，所以，7 年前，我也没问。我只知道，在我的地图册里，这些人，应该制成图例，署明在布朗山上。今天，他们弹奏的空地长满了灌木，他们提着酒和月琴消失的那条小路，已经不在了，那儿全栽满了茶树。我肯定也不会再碰上他们，1000 多平方公里的布朗山，收藏几个人并让其他人永远看不到，那不是难事。

二

车出勐海，一路南行，穿越的是辽阔的象山、勐混坝子。道路的两旁，刚刚栽下的稻秧，正由黄转绿。在此艰难的复活期，很难听到上万亩的连在一起的疯狂的生长之音，田野的每一寸，都在承受土地强大的催生力，仿佛每一棵秧苗的根上，都有一股绵绵不绝的真气在注入，都有一双神灵之手在呵护、挺举。而这些新移来的

秧苗，它们还没有适应新土的温度和性格，一如进到了后娘之家，远远还没有喘过气来，远远还没有来得及适应更具爆炸力的关爱，它们有些手足无措，慌乱而焦虑。显而易见，同样具备繁衍蛮力的风雨，正如天上悬垂而下的舷梯，希望它们尽快成活，由舷梯登堂入室，成为热带雨林绿色大家族中不可缺少的成员。一边是在下的力量拼命催促，另一边是在上的呼唤紧锣密鼓，秧苗夹在中间，既担心自己的成长不够粗壮、结出的果粒不够丰硕而有愧于后娘之土，又害怕上下两方的力量太过于猛烈，自己细小的生命经不住折腾。可事实上，谁又都明白，在西双版纳，任何一种生命都可以繁茂地生死，生死途中又每时每刻都因为自然神力的强大而充满了隆重的仪式感。所有的焦虑均是徒劳的，西双版纳也不会因为你的焦虑而停下自己不顾一切向前的步伐。我印象中，在这儿，一块土地，只要你让它荒着，不到三年，它就会还给你一片森林。人的力量算什么，人的力量无非就是在竭尽全力地不准土地荒下来。所以，这些复活期的秧苗，它们的黄，乃是谷粒之黄的提前彩排。

秧苗一个季节的命运，类似于布朗族人几千年的命运。这些文献中“百濮”的后人，与佤族和德昂族同源，数代之间，中土人士称其为苞满、闽濮、濮、尾濮、文面濮、赤口濮、木棉濮、濮曼、朴子蛮、望蛮、濮蛮等等。在族源上，他们属孟高棉族群，有别于南迁而来的北方氐羌系统的民族。氐羌民族系统中的僰人、昆明人和叟人，大多数居住在更靠近云南中心的地带，而布朗族、佤族和德昂族等，则居穷边，文献中找不到他们从北而来的记载，只有他们继续往南移至中印半岛的只言片语。赵瑛所著的《布朗族文化史》云：“历代封建王朝的压迫和剥削，或因民族矛盾或因统治者采取强行移民政策等诸多因素，遂引起濮人举族南迁。”那些迁至中印半岛的濮人，“先后建立了林阳、直通王国(今缅甸境内，以孟人为主)、扶南（今柬埔寨，以孟高棉为主）、罗斛、得楞、顿逊、盘盘和赤土等国”。尤中教授的《云南民族史》亦云，公元前2000年，中国西南地区尤其是云南居住着众多的孟高棉部落群体。在公元前两千年代末大部分孟高棉的部落已经南移至中印半岛。春秋、战国时期分布在云南南部和西南部的孟高棉系统的部落群体，是没有向中印半岛南迁而仍然留在云南境内的部分。据此，我们也就可以得出这样的结论：布朗、佤和德昂等族，同系“百濮”，乃是世居云南的土著民族，是纯正的云南人之根。

令人扼腕的是，南迁与不迁，相同的“百濮”，却创造了不同的“百濮文化”。南迁者开疆立国，湄公河两岸建起了以吴哥窟为代表的旷世文明；留于滇土者，因云南本就是国之边，其所居之处又是云南之边，至民国时期，仍锁身于山林，一如生活在人类的童年期，始终卡在厚土与世界的召唤之间。

然而，物极必反。也许正是基于这种几千年的隐居，他们才得以真正意义上食百草、知百味，成了世界上最早种植和享用茶叶的民族，成了世界茶叶史上站立在源头的不朽的群雕。岂止于普洱茶，由于他们脚下的土地就是世界茶叶的原产地，所以，人类所消耗掉的茶叶，第一张叶片，就是他们的祖先采摘下来的。我非常赞同美国汉学家艾梅霞《茶叶之路》一书的观点，茶叶起源于云南的澜沧江流域，而在两千多年前则已传播到中国各地。与此同时，这一区域的人民已将紧压茶，沿青藏高原边沿，直抵河西走廊，运到了中亚地区，亦运到了西藏。这条茶路，被称为人类历史上的第一条茶叶贸易之路，因路形像弓，亦称“茶文化之弓”。艾梅霞女士不解“百濮”，称茶出于傣，这与一些写普洱茶书的人，把傣族迁移至西双版纳或孔明伐滇的时间指认成普洱茶历史发源的时间，所犯的错误是一样的。因为他们都不知道这片土地上还生活着更加古老的民族，而且他们是茶之始祖。至于砖、饼、沱等普洱茶外形，人们亦认为始于明代的军屯、民屯和商屯，即从外界传入。事实上，这也经不起推敲，因为作为砖、饼、沱茶祖先的竹筒茶早已有之，乃是茶叶源头上顺其自然的一种日常形式。

三

当文献中找不到有用的资料，转身过来，我们就看见了“百濮”的创世古歌、祖先歌和俚语。在德昂族的创世古歌《达古达愣格莱标》中，人们唱道：

> 天地混沌未开，
> 大地一片荒漠。
> 天上有一棵茶树，
> 愿意到地上生长。
> 大风吹下一百零二片茶叶，
> 一百零二片茶叶在大风中变化，
> 单数叶变成五十一个精悍小伙，
> 双数叶化为二十五对半美丽姑娘。

精悍的小伙都挎着砍刀，
美丽的姑娘都套着腰筐。
他们战胜了洪水、大火和浓雾，
他们战胜了饥饿、利剑和瘟疫。
大地明亮得像宝石，
大地美丽得像天堂……

我没有查找到佤族有关茶叶的古歌，只见到这么一句：“你喝了茶叶水，你就看见了鬼魂。”在布朗族的神话传说中，其始祖是叭岩冷，叭岩冷死后化为神灵，对其子民说：“我留牛马给你们，怕它们遇到灾难就死掉；我留金银财宝给你们，怕它们不够你们用；我留茶树给你们，子子孙孙用不尽……”于是，叭岩冷往众山之上手一挥，茶种纷纷入土。其《祖先歌》唱道：

叭岩冷是我们的英雄，
叭岩冷是我们的祖先，
是他给我们留下了竹棚和茶树，
是他给我们留下了生存的拐棍……

德昂族之歌，说的是人生于茶，茶树是人的祖先；佤族人说的是茶叶通灵，饮其水，就可以看见祖先；布朗族则强调茶生于始祖。三者都把茶和祖先连在一起，尽管这不具备文献价值，却足以说明布朗等民族种茶饮茶的历史无比久远，且对茶无限尊崇，将茶等同于祖先。赵瑛和尤中教授都言，“百濮”在公元前 2000 年以前就生活在这片产茶的土地上，如果当时他们就种茶，那么历史就在 4000 年以上。

四

7 年前上布朗山，勐混、班章和老曼娥至乡政府所在地勐昂一线，只有一条荒废的旧道，荆棘丛生，飞机草比人还高；勐混、浓养、戈贺、曼囡和新竜至勐昂一线，是沙石路。我们走的是后一条，91 公里，越野车跑了近 4 个小时。不过，在我的眼中，这并不是什么极限之旅，一切正好相反，它根本用不着挑战我的意志，而是我乐于接受道路与车辆对抗所产生的每一次震荡、斜滑和抛锚，因此而产生的每一刻停顿，都被我视为布朗山对我的挽留。而且，正是因为缓慢，在勐混的田畴之间，那些曼妙出行的傣族少女，让我见识了一种陌生而又动人心魄的美。宛若一缕缕香魂，她们来到了阳光下，她们与竹楼、凤尾竹、大青树结合在一起，就连插在头上的塑料花，也能飘荡出奇异的芬芳。我从来都怀疑这一民族来自异方的民族学观点，真的想象不出来，天下还有哪一方乐土能像西双版纳以及德宏州这样，把她们的美凸现得如此的彻底。也正是因为汽车一再地拒绝速度，在曼囡，我第一次领教了什么叫原始森林，品种繁多的冲天巨树配之无孔不入的灌木与藤条，使这大地的一角，变得异乎寻常的难以捉摸，是渊薮，亦是日渐荒芜的世界之肺。看不见鸟的翅膀，听得清鸟的叫鸣。哦，天啊，所谓昆虫，多得只有上帝才能数清。它们中的一只，张开嘴，叫一声，就算贴在你的耳朵上，你那被汽车喇叭声震坏了的耳朵，肯定听不见。可问题是，那一天，我的耳膜几乎被它们震破了。

每见树丛中露出寨子，寨子的最高处就有一座黄灿灿的缅寺，在距寨子不远的路上，你也就会碰上对汽车充耳不闻的黄牛群。开辟出来的田地中央，也照例会有一两个窝棚，有人或者没人。那些新开的荒地是大火烧出来的，一人难以合抱的一棵棵黑色树桩旁，细胳膊细腿地生长着玉米，而坡地尽头的灌木丛中，被弃的圆木正等待着腐烂，它们中的任何一棵，都比我老家的房梁还粗。人们获取食物的方式真的太奢华了……

那一年上勐昂，下山走的却是老曼娥和班章一线。徒步过老班章，有茶农用大大的编织袋装茶，在路边上卖，30元左右一袋，没有人要。谁也没想到，7年之后，最好的班章茶，卖到了1200元左右一公斤。传说，外地人进老班章，茶农待之以红牛或矿泉水，就是不泡茶，因为茶价太高了。这一次，上布朗山，我走此线。没有去领略老班章茶韵的意思，纯粹是为了体验从此线上山的不同之处。

出乎我的意料，上老班章的路，甚至比我周游西双版纳时所见识的任何一条路的路况还差。加之头天下了暴雨，这条路，如果借飞鸟之眼，从空中看下来，说它像一个残忍而歹毒的刀客，在一个风华绝代的女人脸上划出的刀痕，一点儿也不过分。而且，这刀客是在把女人缚之于柱上之后才动手的，用刀的速度很慢，力度时大时小，运刀忽左忽右。女人有过本能的挣扎，这使得有的地方，刀剑一滑，出现极大的弯曲和跌宕。不过，这能怪谁呢？何况它有助于我且行且走，有助于我把魂丢在这个让我着迷的地方。与我同行的司机小白，久走山路，一再地让皮卡侧滑，一再地担惊受怕又因

布朗山

皮卡的努力过关而又笑逐颜开。可在临近老班章的一截山腰上，皮卡还是陷入泥潭。路的左边是山，泥潭大得让人不敢轻举妄动；路的右边是山坡，从那儿往下看，可以看见远方的勐混坝子，只要皮卡一打滑，人的叫声还停在口腔里，车已没了踪影。最要命的是，年轻的小白，开始的时候低估了这泥潭，以为上了四驱，放在低挡，一脚油门就可过去，没想冲到了泥潭中央，车便一味地原地刨土，绝不朝前，也绝不退后。的确，着急的是小白，我不急，下了车，他先是打开百宝箱，拿出铁铲和砍刀，然后铲土，砍路边的树枝来垫路。我帮不上忙，转身上山，内急。蹲在老班章山上看老班章，仿佛脚下之山是老班章的最高处。眼中的老班章，四周之山山势并不陡峭，多斜缓的山梁，且一道道山梁像“五马归槽”，一一汇向老班章和新班章的寨子聚落。或许是因为这儿的土壤和气候等自然条件，的确能保证优质茶叶的生长，目所能及的山梁，不见原始森林，代之的全是茶树，古茶树或者新茶园。在那些新垦的茶园边上，种茶人的木屋稍显孤独，它们门前的狗，偶尔会对着山谷叫上几声，有回音，有寂寞。

五

一个小时后，车再上路。到老班章的路口，一辆卡车冲了出来，车厢里站着三个浑身泥巴的约翰、杰克和史密斯。这是什么地方？他们来干什么？我和小白不知道，但小白还是停下车，对着司机吼了一声：“路不通，太危险。”司机是本地人，不理，一脚油门，朝泥潭所在的方向扑了过去。那一瞬，约翰们见我们的车来到，脸上均透出一丝欣喜，但我敢断定，他们一定会从车厢里跳下来，把更多的泥巴弄到身上去，或者，重新返回老班章，等天晴了再上路。

我们没有进老班章，直接往新班章进发。所幸的是，过了老班章，通往老曼娥、勐昂的路已是阳关大道，非7年前的荒道。新班章果然焕然一新，旧貌换新颜。寨子里铺上了水泥路，孩子们在路上滚动废弃的摩托车轮胎，一群狗在后面追。寨子中的每一幢干栏式建筑体的露台上，都有接收电视的“大锅盖”，有太阳能。在“大锅盖”和太阳能大桶的旁边，一般都有老人在晒茶，或者膝盖上放一大簸箕，认真地拣着黄片。水泥路只通向我们一路上来的这条交通大动脉，七丫八杈地往里走，走着走着，水泥就没了，我们就可以看见泥土、沙砾和水冲出来的细沟。抬头再看，水泥路不通向更多的山峦，只有原先的土路安分守己地继续向前延伸。当然，我们完全有理由把水泥路视为乡村精神文明中强硬而尖锐的怪物，因为道路两旁的房屋，一律地建在土上，甚至于每一幢建筑的一楼仍然是地坪，有小坑，有永远也扫不干净的尘土。我对这种天外来客般的局部水泥路，持积极的支持态度，尽管它与寨子不太和谐。假以时日，当所有干栏式建筑一一地被抹掉，全变成像寨口那幢小洋楼一样的建筑，我又想，也许建筑的崛起并非只是为了与水泥路配套，可这进步的代价，却能让我们的后人翻遍文献，也不知什么是祖先传承了几千年的“干栏式”建筑。想想，时代的进步，果然不是在牧歌中进行的，它必然会带给我们永远也难治愈的健忘症，它必然会让许多寨子特别是没有自己文字的民族的寨子失去记忆，或者在口口相传中，陷入一圈卷着一圈的谜团漩涡。如果文化人类学与政治经济学之间，从来都没有停止过战争与械斗，输得一丝不挂的，肯定是文化人类学。

六

班章，傣语。班：窝棚；章：桂花树。班章即桂花树下的窝棚。1846年10月16日，现代意义上的西方医学的首次麻醉手术，在美国麻省综合医院进行。它的成功，使手术刀下的病人从此免除了手术过程中的暂时的剧烈疼痛。麻醉术的确是一门功德无量的奇技，而麻醉药更是这一奇技之母。谁都清楚，当“班章茶”作为麻醉药奇迹般地成为我们医治贫困这一千年沉疴的不二法门，很难推断，横陈于无影灯下的病体，是否会在维系于市场之手的手术刀下，从此百年康健。是的，我担心的是与经济情同手足的文化建设，是否能跟上班章茶价的一飞冲天，而这一飞冲天究竟又是否如太阳一般恒定，还是如孔明灯，只是烘托出了几个节庆日的喜乐气氛？

布朗族人与哈尼族人一样，建立村寨，一直以人体为范本。他们认为，人有四肢和心脏，村寨相应地要有四个寨门和位于寨子中心的寨神桩，即寨心。寨心是氏族祭拜祖先和氏族长辈的地方，它主宰着全寨人的祸福与吉凶。凡是每年二月和七月的“干日”，寨人必祭寨心三天。三天内，寨子里静悄悄的，不准磨刀、背水、下地、吵闹，更不准外寨人来访。凡要建房、婚娶的人家，凡生病之人，凡想入住此寨者，都要以相应的物品作祭品，请祭司代为祭寨神，以求得寨神的许可和赐福。

这种充满神性和人性的村寨布局，具有自觉的开放意识与牢固的神祇文化相结合的村寨心灵史，无疑可以让我们对横空出世的经济风潮的冲击不屑一顾，因为我们相信，在表象上实现翻天覆地的寨子，只是外寨，一定还有一个隐形的更不朽的寨子存在着。只是，对于这个寨子的定力，它的寨心的跳动力度，我们必须具备无休无止的能量供给，而不是因为急功于“变化”而引其走上文化迁徙的漫漫长路。特别是当桂花树下的窝棚，在短短的几年时间内迅速地变成了茶叶树下的皇宫时，我们的当务之急，是要把寨心理解为人的心脏，随时都要看看它的跳动是否已经剧烈加速。

七

老曼娥，与班章相邻的另一寨子，建寨历史1360多年，是布朗山倦于迁徙而定力最大的老寨之一。与老班章居住哈尼族不同，这儿的128户人家全是布朗族。老曼娥过去所处的环境，可以在《中共勐海县党史资料第四辑·中国唯一的布朗族乡布朗山》一书的大事记中，找到几则过去的光阴的切片：（一）1926年，老曼娥因天花流行，先后死亡160多人，全寨只剩下几十户人家居住；（二）1954年7月，由布朗山区人武部和驻军武工队，联合组织了一个“护秋打虎小组”，在曼诺寨至老曼娥区域内，以一个月的时间集中精力寻捕老虎；（三）1955年6月，老曼娥寨发生严重虫灾，村民大搞迷信活动，经工作队员宣传动员、耐心说服，群众才陆续加入捕虫行列，在工作队员的带领下，7天捉虫94.4斤；（四）1959年2月，曼娥乡政府、新曼娥被跑到境外的曼囡寨人岩嘎纵火，35户人家的

房屋全部烧毁；（五）1995 年 3 月，兴修老曼娥大沟，投资 15 万元，于 5 月 5 日竣工；（六）1995 年 3 月初，班章村公所坝卡囡村、老曼娥村发生严重的牛出血性败血病，死亡 65 头，造成直接经济损失 6.65 万元……

詹英佩女士在其《普洱茶原产地西双版纳》一书中说："布朗人在老曼娥一住就是一千三百多年，细分析，能留住他们的除了寨子前边那条小河，还有就是他们种下的大茶园……老曼娥的古茶园是西双版纳最具考察价值的古茶园，面积大且连片，年代排列齐全，是濮人种茶的历史档案馆。三千二百亩茶树……大至三人合抱，小至碗口粗细。唐、宋、元、明、清各个时期的茶树在老曼娥生长着、陈列着。"2000 年，我到老曼娥时，曾肯定地说："老曼娥仿佛是一艘绿海中的沉船。但它周边一个个山坳和谷地上，总有一座座人间的天堂。在它与老班章之间，碰到了三道寨门，门楣上均画了咒符。同行的人讲，这一带常见一种耳朵上有缺口的小猪，乃是布朗人送鬼的载体。"

这次重返老曼娥，"大事记"中所说的 1995 年所修的大沟，建于其上的桥梁已被大水冲走，桥头的幡柱已失，桥体上用水泥做成并涂成红色的龙，也被水冲走了。时间改变事物的力量就这么强大，但这个古老的寨子似乎还是记忆中那座，饱经自然之灾，又借自然之力而生生不息。站在寨子里，我茫然四顾，问一个骑摩托车的青年："以前在老曼娥教书的女孩玉温丙还在不在？"他答："走掉了。"玉温内是我当时采访的老茶人宋晓安的女儿，那年她 20 岁，这一个孤独而又认命的女孩，我在散文《画卷》和诗歌《布朗山之巅》中都曾写到过她。

八

也许是我的记忆出错，布朗山乡乡政府所在地勐昂，与 7 年前相比，并没有什么大的变化。我在那儿住了两个晚上，两个晚上的次日清晨，睁开眼睛，首先看见的都是一床的飞蚂蚁的翅膀。这些见到亮光就从暗处飞来的小生灵，我不知道它们在我睡去的时候，为什么会把自己的翅膀卸下，更不知道它们以怎样的方式卸下翅膀。

两天之中，在乡政府民政宗教助理员岩布勐先生的指引下，我拜访了勐昂缅寺和章家村的抱经塔缅寺。勐昂缅寺的大佛爷名叫都言坎；抱经塔缅寺的西滴天名叫岩坎谈。在南传上座部佛教中，其教职由上而下的顺序大致是阿嘎木里、帕召祜、松溜、西滴天、沙弥、祜巴、都比龙（大佛爷）、比囡（二佛爷）、帕龙、帕囡等。在布朗族中间，人们的宗教信仰，开始于原始宗教。约 200 年前，南传上座部佛教才由傣族地区基于政治需要而传入，并最终成为布朗族的全民性宗教。可尽管如此，人们的日常生活中，因原始宗教而产生的各类禁忌依然存在。比如忌在寨子“神林”中狩猎、放牧、大小便；屋内仍有“神柱”，禁拴牲畜、禁靠、禁挂衣物；“寨心”平时禁人进入，更禁外寨人抚摸；女人来月经禁去缅寺；人死禁停尸于家中，且必须当天埋葬，若确实来不及，必须派人守尸，忌狗、猫闯入，否则死者的鬼魂会转世；妻子怀孕，丈夫禁杀生。杀蛇，生出的儿子吐舌头；杀狗，生出的儿子像狗吠；杀鼠，生出的儿子不睡觉……

岩布勐先生告诉我，布朗山上的缅寺分两种：一种在寨子里，如勐昂缅寺；另一种则在野外，离寨子至少1公里，如抱经塔缅寺。勐昂缅寺的大佛爷都言坎，9岁入寺当和尚，20岁时即1954年由政府组织到昆明参观学习，回来后就不想当和尚，还俗了，结婚并与妻子生了五男三女。2004年，妻死，儿女们都各自成家，就又入缅寺做了和尚。像他这种还过俗的和尚，教职最高也只能做到大佛爷。由于没有二佛爷协助，71岁的都言坎，只能将寺中大小事务全部承担起来，菩萨和经书的管理、教小和尚念经、赕佛、滴水拴线、送受过佛的终老之人上山……

在岩布勐先生的翻译协助下，都言坎佛爷一直以傣语间杂汉语的方式与我交谈。其间，寺外曾下过一场暴雨，雨后的阳光从屋顶漏下来一束，刚好照耀着他。这位身着袈裟的老人，安静、慈祥，有一种因入俗世而又出家所带来的旷达之感。他告诉我，在他的工作中，很多都是次要的，核心就是告诉人们，一切事情都必须按经书上的指示去办，什么事该办，可以直通天堂，什么事不该做，将会下地狱。经书中说，神造了世界，人存身于其间，所以，走路要交钱，提水要交钱，穿衣要交钱，劳作也要交钱。菩萨很多，人们赕佛，即具体的人家敬奉具体的菩萨，这种事，得由都言坎佛爷具体安排，作为回报，赕佛者，个人或集体，都应向缅寺奉上一定数量的茶或谷物。至于傣历9月15日的“考瓦沙”（关门节）、超度亡人的“赕萨拉”、献袈裟时的“赕帕”、每年两到三次的赕坦（献经书）、傣历12月15日的“奥瓦沙”（开门节）、关门节和开门节期间的“赕星”讲经、不定期的“赶听”即全寨性大赕或“靠刚”（私人大赕），以及“赕帕朵亥”（向大佛爷私人赕东西）等等活动中，人们都要向缅寺赕礼。赕者，施舍也。以赕积善，修来世而成涅槃。

勐昂缅寺，在布朗山上，条件算好的，可大佛爷还是只能与小和尚们住在一起，只是他的地铺靠近火塘。我离开时，他出门来送，站在高高的台阶顶端，勐昂全寨，皆入其眼。没有任何疑问，都言坎所在之所，乃是勐昂寨的灵魂。

布朗山上，近几十年来，曾出过很多个帕召祜、松溜和西滴天等教职极高的宗教界人士。目前，教职最高的是抱经塔缅寺的西滴天岩坎谈。该寺筑于章家村区域的一个山头之上，四周都没有村寨，是为在野。在野者，和尚皆以乞讨为生；在野者，心静，不闻宰杀之声，难见情侣对唱，红尘之外也，利修行，不问寨事。经书8套14000多卷，卷卷都亮神灯。岩坎谈从小做和尚，现年43岁，经书皆能诵之，但他说："有的，还很难弄懂菩萨的意思。"这位赤着双脚、目光坚定、一副在野之相的西滴天，左臂之上有文身，他说是菩萨语，不能译成汉语，问其音译，他诵："三底巴卡，阿巴三那，三底巴达，阿旺甲纳，麻达毕达，坚力坎达，甲底微纳塘，巴底嘎麻地。"意为："水烫不会起泡。"与西方文身的符号学暗喻性与死亡不同，西滴天说，在这儿，文身，只为了装饰。

姚荷生先生的《水摆夷风土记》中说："文身都在做小和尚的时候举行，先狂吹鸦片，麻醉过去，然后由专家刺花，并涂上青色颜料……一身美丽的花纹，是异性欣赏的目标，对于性爱生活的成功，有很大帮助。有次我在江边洗澡，那双没有雕题的丑腿给姑娘们看到了，她们轻蔑地笑着：婆娘腿，有啥子瞧头呀！"姚先生所说，与西滴天之说有异，与西方文身的主题相符。

在野的和尚，还俗的极少，为了生计，他们除了乞食外，还置了耕地。抱经塔缅寺就有 20 多亩茶园，为其管理的是一对贵州毕节的中年夫妇，男的叫罗永坤，女的叫陈恩飞，一个 7 岁的儿子，名罗欢。夫妇俩原是走村串寨卖服装的小贩，走遍了云南的山山水水。2007 年 4 月，挑着被面、蚊帐等入布朗山，走错路，进了抱经塔缅寺，便被西滴天留了下来，并在寺外几百米处为其建了一座木板房……

岩坎谈说，在经书中有“树叶会变成钱，石头会变成钱”之语。现在是佛历2368年，树叶真的变成钱了。这种树叶就是茶。以经书论茶，贝叶经《游世绿叶经》中有言：“有青枝绿叶，白花绿果生于天下人间，佛祖告说，在攸乐、易武、蛮砖和慢撒，在倚邦、莽枝和革登，有美丽的嫩叶、甘甜的茶叶，生于大树荫下。老人喝了益寿，妇女吃了漂亮，孩子吃了壮长，智者吃了更智。”经都在贝叶上、纸上和心上，生活中，很难看到茶叶从这些地方生长出来，但以经书之圣洁，以茶叶之尊贵，布朗人结婚、建房、赕佛、丧葬，制“请柬”，都会以茶、蜡条和烟代之，三者送达，蜡条意为“求你”，茶和烟意为“请你”赕佛，请外寨之人参加，茶两包（最多 5 两一包），一包给被请之人，一包给缅寺，凡被请的人，不管有什么事缠身，爹妈不能去，儿子也须去参加；婚丧，一包茶两根蜡条，意即主人已把自己当成最亲的亲人或朋友，也必须去。布朗族人的葬礼，不仅以茶为“请柬”，入殓的时候，死者的亲属还要将茶叶，以及蜡条、饭团和芭蕉捆在一起，并用白线将其捆扎在死者的手上，让死者带走……

在抱经塔缅寺通往勐昂的路上，就可看见缅甸，群山起伏处，云海苍苍。布朗山的南面和西面均与缅甸接壤，国境线长 70.1 公里。中国的云朵飘过去，一分钟就到了。那异国的云雾深处，西滴天岩坎谈，以前曾经路过。

九

在任何一个人自由的内心王国中，都有一笔秘而不宣的财富。可我始终没有想明白，2001 年 9 月 4 日，宋晓安病逝前，留给女儿玉温丙的最后一句话，竟然是：“做什么事都可以，就是不能做茶。”这只能说明，这个 1959 年上布朗山收茶、几十年没下过山的老茶人，他的内心，真的被普洱茶掏空了，什么财富也没有留下。也许，唯一的安慰只是在他死后，他的一儿一女，把他的尸体火化在了布朗族妻子的火化处。7 年前，我采访他的时候，他就曾无数次地告诉我：“死去的妻子变成火焰了，她一再地来喊我。”现在，他如愿了。稍有不同的是，他那没有彻底烧成灰的骨头，儿女们把它们集中在了一起，装载的器具是他生前装酒的大玻璃瓶。

2007 年 6 月 13 日下午，坐在我面前的玉温丙，已是满脸的风霜。她告诉我，布朗人死了，火化之处，是死者自己找的。抬棺上山，抬棺人的任务只是在坟山上转来转去，棺落地，无异样，证明死者满意，如果木杠或绳子断了，就必须按死者的意志重新选地。“我父亲的棺木，直接就抬到母亲火化处，毫无异样。”玉温丙说，“这说明父亲喜欢与母亲在一起。”

2000 年 9 月，勐海县一纸公文，辞退所有代课老师，玉温丙因此从老曼娥回到了勐昂，守在父亲身边。那时候，他们住在勐海茶厂的布朗山茶叶收购站里。为了生计，她开过小卖部、到餐馆做过小工，可都仅仅够糊口。但开小卖部的时候，她得以结识来自普洱景东县的种茶青年刘汉斌，并在父亲死后6个月，与刘汉斌结了婚，当时她22岁。毫无疑问，这场婚姻，为玉温丙这个无家可归的茶人女儿，重新找到了立锥之地。2004年4月，因为在勐昂真的已经陷入困境，夫妇俩带着一岁多的孩子岩地温，回刘汉斌的景东老家种地去了。

勐昂或者景东，对于他们来说，显然都不是天堂，但两者比较，似乎勐昂更值得期待。所以，2005年12月3日，他们又重返布朗山，花了仅有的2500元钱，从一赵姓人家手上买下了目前居住的这间小屋。夫妇俩上山割松香，3块多钱一斤，一年能割3吨左右。除了割松香，刘汉斌还帮人杀猪、卸货。杀一头猪30元，玉温丙说："要是天天都有猪杀，那就好了。"按他们的安排，我见到玉温丙的那天次日，刘汉斌就要跟一个叫"老江西"的人去景东贩猪到勐昂来卖，可"老江西"临时决定，要从勐海拉盐巴上布朗山来，时间推后了。在屋檐水像山泉一样往下流淌的气氛中，刘汉斌递给我一支红河烟，说："你的《普洱茶记》，写我岳父宋晓安那一节，我读一次，哭一次。"他哭，为一个老人的命运。这命运，意味着以一生为代价，也没看到普洱茶出头的一天，有起色了，人却走了。除了那些祖祖辈辈陪着茶树一起成长一起变老的茶农外，我真的很难再找到第二个宋晓安。一个汉人，被茶厂所派，一脚踏上布朗山，便是一辈子的光阴耗尽。

玉温丙自从离开老曼娥便再也没有回去过。茶叶涨价了，那儿的人都富裕起来了。玉温丙说："他们经常都来约我，我不想去，自己太穷了。"现在，玉温丙在乡卫生院做清洁工，每月600元。在家里，她养了很多鸡，我们闲谈的时候，这些鸡经常跑进家来，身子一抖，雨水溅得到处都是。

一

在布朗山，在班章村
在班章村之巅的三垛山
老茶农走出初制所
看见了低飞的燕子

心中的甘甜味道正从天上飘下来
在乱云中发芽。在迷雾中开花
在细雨中飞远
在人间经过
云中的夏花，雾中的秋叶
是传说中最绚烂的生、最静美的死
而眼前的秋叶却在山头修炼
在初制所得道
在山外美人们手中升仙

云雾中，一切都是我
我又什么都不是
一切远在天边，一切近在眼前
看不着很大的世界
也不用看很小的命运

更晓不得我是哪一位茶农

但一片茶叶看得见另一片茶叶
它们是云雾中的注视
是停在树上的眺望
它们是会飞的眼睛
是天晴后会飞走的眼睛

越野车从勐混坝子驶过，道路两边的傣族寨子、寺庙、秋收后的田野，一律地头顶着安静而又滚沸的白云，无限接近幻象中的海市蜃楼。云南大多数坝子的尽头，不是湖海，而是高山，勐混这一用傣语命名的地方，汉译为“河水倒流的坝子”，它的尽头、边界、隔壁，自然也是大地在舒展平滑的腹部之后，向着天空举起乳房、肩膀和头颅的群山综合体。但是，当越野车驶进布朗山系，沿着两旁长满了山茅草和飞机草的盘山公路向上跃进时，每一次我都感到了一个世界的开始，它们竟然没有任何的铺垫与过渡，仿佛人的身体，腹部与头颅不是一个整体。山并不陡峭，可它是突然升起来的，而且因为它的升起，稻谷天堂的末端迅速壁立着立体的榉树、栗树、金矿和云雾里的山寨。一片片茶树林，也因此像天空里的乔木，自由地浮动在散漫的烟霞之中。即使是你曾见识过的植物和鸟禽，当它们瞬息之前还不见踪迹但在瞬息之后已经直扑你的眼前时，你的诧异与喜悦都将难以复述。令我更为诧异与喜悦的是，当越野车因为道路施工临时堵塞在那座金矿与南温老寨之间的斜坡上，我下车抽烟时，公路边的芭蕉树下，竟然有一个熟悉的身影站在那儿抽烟。

● 布朗山

对，不是诗人中的任何一个，他是著名的莽汉、豪猪、隐逸者和豪饮者，酉阳人李亚伟！

篇首诗歌《秋日小酒》，是他写于老班章之巅三垛山的急就章。据与其同行的郑旺强说，那是中午，李亚伟在一棵香樟树下独酌，老曼娥、小班章，青色的一条条山梁全在脚底次第呈现，他快活得像个走在鹊桥上怀春的少年。酒至微醺，便欣欣然躺倒在茶树林里，不准人们找他、喊他的名字，一直躺到黄昏的酒席又开始了，他才喜上眉梢地走下山来，夕照里，笑得满脸全是牙齿。

二

“你知道马悠吗？就是那位病逝于老班章山中的德国生态学家？”见到李亚伟之前，重访了老班章。坐在酒桌上，班章村村长门车低声问了我一句。

屋子里光线不足，长期的柴烟又将四壁和各种家具熏黑了，围坐在圆形竹桌边的十来个人，表情都很模糊，小庙里的石菩萨似的，一动不动。但当门车提及马悠，每一尊石菩萨都分别晃动起身子来，有人用手搔头，有人端起酒杯便喝，甚至有人用哈尼语轻声耳语，关于老班章村过去贫困的追忆而陷入凝重的空气也才开始活泛起来。

“是啊，你认识马悠吗？”一个身着迷彩服的中年男人又追问了我一句。作为中德合作的“西双版纳热带雨林恢复和保护项目”的德国方组长，马悠博士曾在西双版纳生活了 13 年时间，致力于热带雨林的修复与再造，于 2010 年 1 月 26 日因心脏病突发病逝，长眠于老班章天籽山中。其租用的6000多亩老班章种植旱谷的轮歇坡地即天籽山，以《易经》六十四卦象作为大自然运作法则，修复和再造“万有”，使之在人们的目光之外悄然重返太初，成为西双版纳雨林中的一片高海拔雨林，在国际上产生了一定的影响。我并不认识马悠，知道马悠这个人也是因为云南杰出的摄影家吴家林先生的介绍。家林先生的话语谱系中，能得其赞美者，布列松、马克·吕布及摄影黑皮书封神的几位摄影家之外，已经少之又少，而马悠就是这少之又少的人中的一个。据家林先生说，马悠曾向他详细介绍了1886至1888年法国湄公河—澜沧江探险队从越南深入云南境内探险的诸多尘封的惊心动魄的往事，并向他推荐了《加内报告》一书和探险队员路易·德拉波特关于云南的铜版画。当然，推介雨林传奇不足以让家林先生对马悠推崇备至，关键还是马悠对西双版纳雨林所怀持的敬爱之情。20年来，一直行走在西双版纳的土地上，没有结识马悠，我至今仍然引以为憾。

我没有立即回答他们的提问，而是觉得他们之所以开门见山地提起马悠，必有其诉求。心里暗想，该以什么方式才能从他们口中获取有关马悠的更多信息？最简单也最有效的方式当然就是喝酒，为此，我端起面前的酒杯抽身站了起来，提议大家干了这一杯。哈尼族人的热血从来就是由爱、忠诚和烈酒组合而成，只要你的血管里有着同样的热血，并让他们心领神会，彼此欣然赴醉，他们就会把你当成亲人。令我意外的是，这场酒席没有朝着酣畅淋漓的方向发展，几杯入腹，门车很快便把话题重新引到了马悠的身上。

“现在的老班章村，凡是喝普洱茶的人肯定都知道它。老班章古树普洱明前春茶，一公斤有的卖出了十多万甚至几十万元，可以说已经成为普洱茶的象征。每到春茶上市的时候，每户人家里至少有两到三个茶商等着收茶，供不应求。老班章家家户户建起了别墅，买了豪车，钱多得叫人想都不敢想象……”话说到此处，门车突然打住，望了我一眼，又将目光往席上的村民脸上扫了一圈，声音变得低沉起来：“可是，在2002年以前，我们每家人主要靠养猪、养牛和养毛驴挣一点钱，茶叶十来块钱一公斤还没有人要。我记得那是2003年，家里有两个女儿在勐海上学，我连给她们交学费都成问题，只好外出去帮人种地，希望靠卖苦力改变一下家庭困境。可是，靠卖苦力能挣多少钱呢？年底，要过年了，刨掉日常开支，我身上只有200块钱，不知道这年该怎么过，回家的勇气都没有，害怕面对一家老小期待的目光……”

屋子里寂静得像没有人一样。墙角做饭的火塘有一缕白烟从暗处升起来，仿佛是从同样漆黑的屋梁上垂下来的白纱，没有散开，却也没有形成发光体。桌上有两个年轻人明显不适应这沉凝的气氛，端起酒杯，招呼大家接着喝酒，但被门车制止了。

“就在这个时候，马悠，这个大鼻子、蓝眼睛的德国人马悠，他出现了。他从土壤学、气候学、生态学、海拔和茶树优势等等相关学问出发，告诉我们老班章的茶叶品质是独一无二的，老班章人就应该，也完全能够依靠茶叶而把生活过得非常富裕。而且他明确告诉我们，老班章的茶叶10多块钱一公斤实在太便宜了，2004年的春茶一定要40块钱一公斤才卖。事实也果然如此，由于马悠到老班章的天籽山搞雨林修复和重建，老班章受到了很多人的关注，开始出名了，一些茶商也逐渐认识到老班章茶叶有着别的茶叶不敢比较的优良品质，2004年我们的茶叶卖到了36元一公斤……”话题由此而变得轻松，最后，门车坦言，2017 年他家的茶叶收入 400 万元，2018 年达到了 500 万元。整个老班章，年收入 500 万元以上的茶农有 10 多户。

“老班章人能有今天，应该感谢的人和应该感谢的国家机构很多，比如陈升以及众多的各地茶商，比如乡政府和茶办，比如……但我认为谁也取代不了马悠……”门车说这话时，一脸的庄重，完全忽视了我的存在，一点儿也不在乎我是否认识马悠，仿佛他只是借向我提问的机会，说出他记忆中老班章与马悠之间的真切联系。

三

隐居西双版纳，写出的诗集《河西走廊抒情》，令喧闹的中国诗坛陷入沉默之后，两年左右时间，又以当代性视角、卓越的才情和端庄的历史观，为世人奉献出《人间宋词》一书，李亚伟已经把西双版纳当成了自己文学生命的再生之地。大江、雨林、寺庙、茶山、温暖的人间，李亚伟与另一位诗人默默藏身在这辽阔国度的极边之野，自觉中断了与浮华世界蚀骨锥心的天然联系，让人觉得这有点儿像当年苏曼殊和李叔同遁入空门。截然不同的是，入了空门的风流才子从此古佛青灯，李亚伟和默默在癫狂的著书立说的间隙，却怎么也拒绝不了大青树下、流水旁边和烟霞之中西双版纳的那一席席锦绣盛宴的诱惑，仿佛两头食量惊人的大象，伸直了嗅觉灵敏的长鼻子，迈着轰隆隆的脚步，一旦坐下来，即便是在新结识的朋友的家宴上，总也能豪饮出万人同醉的长街宴气象。

一次，我重访基诺山，在景洪城作短暂停顿，电话里告知李亚伟和默默我的行程，本意只是礼节性的问候。不曾料想的是，我的行程因此被打乱了，两位兄长不但将我拦截下来，而且俨然以西双版纳主人身份自居，不到半个小时的工夫，几个电话打出去，就安排下了几场酒席。当然，这几场酒席后来都没有兑现，原因是在第一场酒席开始之前，我们到彭哲兄的无味堂茶坊去喝茶，李亚伟对普洱茶有着信徒般的狂热并对其有深入的研究，与彭哲很快就找到了共同关心的类似于炒作与反炒作这样的话题。默默不然，他对普洱茶兴趣不大，而且一落座，嘴巴里就不停地发出“噗，噗，噗……”的声音，胸腔里仿佛有几十股乱窜的真气需要对外排放，如果不排放，他的身体立即就会爆炸。剧情由此偏离了酒席，茶桌上一位沉默寡言的拉祜族茶人很严肃地告诉默默，因为大量饮酒和暴食，他的胃彻底坏掉了。不听默默狡辩，强行地就把他架上了停在茶坊外的皮卡车，一定要带他去见一位拉祜族名医。李亚伟继续与彭哲谈茶，我也上了皮卡，任由拉祜兄弟拉着我们，过南糯山，穿过勐海县城，朝着那达勐水库所在密林挺进。

布朗族文化中佛陀疏通的澜沧大江啸傲南去，但这古老的文明还来不及将人工在群山的胸腹间构筑巨堤，继而汇聚起一片圣湖的奇迹纳入神灵创世的伟大谱系之中。那达勐水库具有了传说中的哺乳万物与天外之美的双重品质，却是现在进行的，眼前的，那翡翠般的，天镜似的水面，以及它四周海拔1500米青峰之间葳蕤的森林，一眼望去，你可能会将其归类为天地人神宏大叙事场景中横空出世的一幕。可它所牵涉的布朗和拉祜村寨、植物、动物，乃至普世美学是如此的密集而系统，只要你愿意像梭罗、利奥波德和奥利维娅·莱恩那样倾身于它，把时间交给它，认真地去书写它，它无疑又存在着揭示“神灵藏身之处”的无数本《瓦尔登湖》《沙郡年鉴》《沿河行》等不朽之作。至关重要的是，在工业文明与全球化文化价值体系天火与大洪水一样横扫世界的今天，在这降临时间有限的水库边上，原住民族信奉的古老神灵没有因为文化暴力的洗劫而失位，祂们在泛黄的经书里矗立着，又能在另外的文字书写的经文中找到自己的神龛。

皮卡车停在水库边一个道班破败的小院里，拉祜兄弟跳下车就站在院子里高喊着医生的名字。院子给人的印象已经空了，各种小型的道路维修机械大多数有了锈迹，办公室和宿舍楼均看不见人影，但院子里辟出的几块菜地有明显的浇种迹象。几只母鸡大摇大摆地在菜地里觅找着食物，宿舍楼走廊的铁丝上，挂着几块条状的新腌制的牛肉，上面沾满了花椒壳和辣椒粉。在拉祜兄弟喊了十声左右名医的名字之后，宿舍楼的一间房门才迟缓地打开，伸出一颗中年男人灰发凌乱的头颅，有些惊诧地用拉祜语与我们打招呼。这位拉祜名医的顾客明显不多，借用做诊所的房间里，柜子上的泡酒、地面上杂乱地堆放着的药材、切捣药材的刀刃与案板上，都积了一层灰尘。那些堆放在地上的药材，我能辨出的只有当归和土沉香等普通的几种，它们未经分类和前期处理，应该是从野外挖来，在门外的阳光下晒干之后便原样移置到屋内，相当于杂木林里找来生火做饭的柴火。名医几乎没有说话，听了拉祜兄弟说明来意及对默默病情的简单介绍，只是确认了一下谁是默默，便从那一堆药材里翻找着一些根、茎、叶，蹲在地上，就开始切碎、配伍、打包，不到半个小时，就将十多包用旧报纸包好的胃药递到了默默的手上。而且特别告知默默，煎服期间没有任何禁忌，甚至可以早上服药下午喝酒。

默默后来是否煎服了那一批胃药我不得而知，但其吐泡泡似的胃病症状倒是再没有出现。驱车返程时，坐在副驾驶位置上的默默，怀里抱着那十几包草药，一脸凝重的神色，不无担忧地问拉祜兄弟：“一边服药，还可以一边喝酒，妈的，这药也能吃？”拉祜兄弟对这样无知的提问很不高兴，猛踩了一脚油门，让皮卡车在乡村公路上产生了一阵剧烈颠簸之后，这才把头偏向默默：“拉祜人杀虎、喝酒，生病了吃的就是这种药，一样的长命百岁，你以为我们吃的是你们吃的那些西药？”默默自觉没趣，掉过头，带着讨好与商量的双重口气对我说：“平阳，既然我们已经来到了山里，是不是找一家有土鸡的餐馆，好好地炖上一只，再把亚伟喊来，我们兄弟好好喝上几杯？”默默嗜土鸡如命，这个我是知道的，但怀抱着一大堆拉祜人的草药，仍然心系土鸡，而且还要喝上几杯，这确实还是让我始料未及。拉祜名医的话他未必听到心里去了，我相信这只是一个饕餮之徒的本性使然。

李亚伟从景洪城彭哲兄的茶桌上赶到勐海城外的一座山丘上时，落日还在更远处的群峰之上徘徊，霞光点燃白云，万物围坐在菩萨的篝火旁边。哈尼山庄灶台上炖着的土鸡刚好熟透，就看见他抱着几瓶郎酒闯进了院内，浑身闪着金光，嘴巴里嚷着：“格老子，好香的土鸡哟……”他的身后，跟着西双版纳著名年轻茶人郑旺强。好山，好水，好友，好酒，好食，落日楼头，火烧云下，默默一路上吐着的“噗，噗，噗……”的声音一下子就停止了，脸上的笑容三分明亮七分妖娆，仿佛皮肤下藏着的黄金液体，一层接一层地向外翻卷，立起身来，伸手就去接李亚伟手上的郎酒。拉祜兄弟见状，飞身隔在他们中间，一脸坏笑地对李亚伟说，默默今晚不能喝酒，必须喝药汤。李亚伟不知道访医实情，伸长了脖子，绕过拉祜兄弟，问默默："默默，你不能喝？"没等默默回答，又说："那你只能看着我们喝了！"默默一把将夹在中间的拉祜兄弟推开，菩萨脸笑得花瓣纷飞，伸手就从李亚伟手里夺过一瓶酒："喝啊，怎么能不喝！"话音欢快而决绝。

菜肴上桌，除了土鸡和常规的麂子干巴、牛汤锅、炒冬瓜猪肉等几样外，还有形形色色的十多种山茅野菜。李亚伟喝三口酒才吃一口菜，默默吃三口菜才喝一口酒，我的食量不如默默，酒量小于李亚伟，喝一口酒就得吃一口菜，三个人与郑旺强和拉祜兄弟一起，吃相各异，但又满心欢喜地对着落日就是一阵狂嚼海喝，先还举杯送落日，喝着喝着，不知落日什么时候熄灭了，也不知一轮明月已经高悬在勐宋山与南糯山之间的峡谷上空。其间，郑旺强还从手机上找出了李亚伟的诗歌《酒中的窗户》，结结巴巴地读了一段：

山外的酒杯已经变小
我看到大雁裁剪了天空
酒与瞌睡又连成一片
上面有人行驶着白帆

是的，酒与瞌睡又连成了一片。最后，我们几个都在山风吹拂的哈尼山庄里沉沉睡去。

四

这次进布朗山，我没有提前告诉李亚伟和默默，在上山途中偶遇李亚伟令我十分意外和惊喜。

“哈哈，雷平阳！”李亚伟夹着纸烟的右手抬起来指着我，眼镜片后面的双眼闪着光，一脸的不相信事实的表情。听见他喊我的名字，被堵下来的车辆上很快跳下来了郑旺强，以及老班章村的哈尼茶人刘云成和老曼娥村的布朗茶人岩罗儿。我最早进入布朗山区是 20 世纪 90 年代末期，之后又数次重访，旁观了布朗山普洱茶特别是老班章、老曼娥一带的茶叶由无人问津到迅速步上神坛的全过程。在我成摞的笔记本中，找出当年记录布朗山行程的那一册，尚能找到这样的记录：刘云成，哈尼族，老班章村第二村民小组，家有茶园 40 亩，产量 400 公斤左右；岩罗儿，布朗族，老曼娥村村长，家有古茶园 50 亩，产量 800 公斤左右，另有小树茶园 70 亩，产量 600 公斤，从 2007 年开始给“臻味号”茶厂制作原料茶……这样的数据，记录时是如此的枯燥乏味，可是到了今天，将它们纳入 2005 年左右开始缔造的“老班章神话”的宏大体系之中去考察，而且当你知道了老班章茶叶在其间经历了由几十元一公斤上升到 2 万元左右一公斤这样的价格飞升的事实，你肯定就不会对这些枯燥的、数量很小的数据无动于衷。特别是当数据的拥有者一度消失在数据后面，现在又突然出现在你的面前，当年的竹楼主人现在住在别墅里，当年走路入山耕种的人现在开着豪华越野车，你肯定难以将昨天的他们与今天的他们合二为一，而本质上他们又的确是同样的那一批人。在崭新的神话话语体系中，由于一张张他们称之为“苦叶子”的茶菁缘其自身非凡的品质而被发现，被举荐为时代的奢侈品，人们在对其梦寐以求的同时总是会因为愿望的难以实现，或因为梦想的代价超出了自己的心理承受能力，进而对奢侈品本身和奢侈品的持有者进行偏执的、主观的评判。对老班章普洱茶，坊间议论大抵如此：（一）茶叶里的皇帝，用叶片、味道和汤水充分展示了植物至高无上的傲视人类的威仪与霸权，茶叶政治与茶叶思想的完美结合体。（二）遗存在茶文化源头上的，现在又魂兮归来的茶国之君，具有肃清歧路文明与修正时代恶俗审美的合法身份，其莫大之功在于让茶叶重返茶叶自身。（三）一切皆是梦幻泡影，老班章茶、易武茶、冰岛茶……它们都是唯心的，得茶之真味者，一泡不入流的茶亦可超越拍卖价几十万元的老班章。（四）刚猛、奇崛、异香，正好用来洗涤浮华时代的一根根肥肠，正好用来镇静狂躁人生的虚妄与焦虑。凡此种种，少有人从地理学、植物学和茶叶学的角度去论述，而且这些互相矛盾的结论不是产生于针锋相对的论辩现场，它们极有可能产生于同一个人在不同的场合的发言。这“同一个人”现在已经演变成一个庞大的群体，疯狂的、自我肯定又自我否决的群体。这个群体在他们需要彰显自己的身份并急需老班章茶作为支撑的时候，是老班章茶忠诚的赕佛者，如果作为时代之病的批判者、仇视所有显贵与显学的反抗者，他们又热衷于道德绑架，热衷于指鹿为马和偷天换日。因此，老班章茶一直处在了山呼万岁和沸反连天的风口浪尖上，人们在沸反盈天的声浪中，自然也就会对老班章

布朗山

乃至整座布朗山以及所有名茶山的人进行统一的诟病，一次次将刘云成、岩罗儿、郑旺强这样的茶人推上私设的审判庭。2007 年，普洱茶刚刚从隐身滇土的困局中破茧，却又遭遇到市场扼杀之时，我在写作《八山记》时曾对着口诛笔伐的媒体大军一再反问：“茶叶文明源头上无比环保的普洱茶何罪之有？世世代代苦守在茶树底下以茶活命的布朗人哈尼人拉祜人为什么连富裕的人权也要被剥夺？小叶种的绿茶精品可以价格高不可攀，为什么上千年的茶树上生长的叶菁制成的极品普洱茶必须委身尘土？环保之罪是一种什么罪？……”也就是那个时候，儿子 4 岁，有着未被破坏的味觉与味蕾，我泡了一款老班章茶给他喝，笑嘻嘻地对他说：“用 10 个字说出这款茶叶的特点！”他端起茶杯，小心翼翼地喝了一口，装出品鉴的样子，一脸天真地对我说：“10 个字太多了，我只有两个字：苦，香。”时至今日，这仍然是我遇上过的对老班章茶最简单也最准确的评价，他说出了可供过度阐述的唯一本质。那一天，道路畅通后，与李亚伟、郑旺强、刘云成、岩罗儿等人结伴前往郑旺强那片老班章之巅三垛山上的 1860 亩古茶园时，郑旺强言及要请我和李亚伟给他的茶坊题字，我仍然说，本来可以从佛学的角度题写“空深”或者“空苦”，可我还是只想题写“苦香”二字。

李亚伟和郑旺强一行，这次不是前来山中纵酒的。布朗山的初冬，秋茶已经售光或入库，一批批来自各地的茶商与茶人也已经从茶坊里、茶树下和山道上悉数撤走，各种谈茶和议价的外省口音消失了，山野间出现了一年之中难得的寂静。李亚伟说，他们这是出来探望空山，顺便再爬一次三垛山，到山顶上去静坐，泡一壶茶，用一天时间不带半点儿机心地眺望一下老班章四周的一个个云朵下的村寨，村寨之间的山峰、峡谷和坡地上的茶园。我上布朗山的本意是重访12年前拜访过的勐昂缅寺大佛爷都言坎和章家村抱经塔教职高至“西滴天”的静修和尚岩坎谈，意欲从他们那儿获知一轮甲子之中，和尚眼里的茶山与人世出现了什么变幻。空门永远开着，14000卷佛经里神灯不灭，一座座缅寺里又新塑了巨大的佛像或又在烟火供养的佛身上敬绘了金粉，无处不在的法眼不会看不到信徒的喜悦和异教徒的背离，当然也不会忽视原始宗教中众神统治的山野上更迭不休的诸多幻象。神的消息令人着迷，可李亚伟他们出行的目的也吸引着我，稍做权衡，我推迟了访问，加入到了他们的行列中，对登高之后俯观自己数次进入且刚刚又访问过的老班章村心怀别样的期待，对能够登临三垛山顶体认老班章的“高度”更是倍感莫名的快活。

尽管是老班章及整座布朗山的众山之首，但三垛山是匿名的，我视此“匿名”为在野，大隐，无形，不需要以名行世，安之若素于鲜为人知的处境中便是山的本质，亦是山之于人的态度。当然，只要我告诉你勐海茶厂的班章茶园基地就藏身在三垛山上，被消费者狂热推崇的茶中天价极品“2000年班章珍藏青饼”（人称大白茶序列）和“2003年班章六星孔雀青饼”（人称六星班章）两款茶的原料就取之于那里，你一定会对三垛山的“匿名”产生特殊的想象与好奇。我无心妄议上述两款勐海茶厂生产的普洱茶在市场上已经被定价为近2000万元一件20多万元一饼是否具有合理性，市场的供求关系所呈现出来的奇观与异象就连皇帝也决定不了，除了交易的双方，其他人全部是旁观者。赞叹，惊诧，嫉妒，诅咒，愤怒，说风凉话，恨自己没有这样的交易品进而摇身一变充当价格法官，以普洱茶专家自居对交易事件进行吹捧或否定，因交易的发生而看见了黄金建造的金字塔从而昧着良知炮制仿制品，对普洱茶所能带来的财富神话有了充分认识之后决定囤积班章茶，因为这两茶款是天价茶从而产生了疯狂的品饮念头，用其他茶品与两款茶进行比较并得出好或坏黑与白的结论……一切衍生的言行都阻止不了一场场交易的发生，相反只会催生新一轮神话的诞生。惊心动魄的戏剧之所以能将观众带入其中，就因为剧情既触及了观众的生活与精神现实，又让观众在此刻一点儿也不知道接下来会发生什么。勐海茶厂作为普洱茶世界崛起和发展进程中的事实性圣地，其精神品质、历史地位和社会影响力，已经用不着追溯、判定和讨论。优质普洱茶因为时间的陈化而产生的味觉与神学天堂也逐渐被人所认知，我们的立场与视角也许不应该继续沦陷于因其而涌动的金钱发酵运动，也不应该在接下来的接力赛中永远作为观众而存在，尤其是那些普洱茶体制的高层设计者、茶学家、以茶谋生者和市场维护的有权机构，当务之急或许还在于清洁普洱茶的陈化理论，让科学依据替代江湖言说，彻底铲除老茶仿制密室和营销体系，最大限度地肃清失实的虚假理论的流传与再生，构建地理标识体系下的生产、存储和推广平台，重典监束茶山管理，倾尽全力促进普洱茶制作工艺、存储技术和品饮文化的正面进步。唯其如此，“神话”才不会成为爆炸性新闻，老班章和三垛山、江内“古六大茶山”和“江外新六大茶山”，冰岛和昔归这样一些著名茶山才会变成“神话的制作车间”，而神话也才会降临在人间，神话中的茶品也才会成为所有目光的焦点并能经受住显微镜、时间和美学的检验，乃至金钱的检验。

在云南，海拔 2082 米的三垛山算不上高山，但它应该是最难抵达的山峰之一。20 世纪 90 年代末期为了探秘勐海茶厂班章基地，在时任勐海茶厂厂长阮殿蓉女士、时任勐海县广电局局长段金华先生的引导下，先是乘车近一天时间才到达布朗山乡政府所在的勐昂，借宿一夜，然后又才步行，穿越人烟稀少的高山雨林，过老曼娥，再行，又是整整的一天时间之后，方才抵达勐海茶厂那班章山坳中的基地初制所。密林中的、天外的老曼娥和老班章，那个时候是人们闻所未闻的娑婆世界的角落，是勐海县地图上被封闭也自闭的极边部落，我相信即便是那几位订制了“2000 年班章珍藏青饼”和“2003 年班章六星孔雀青饼”的茶商，他们也未必只身前往过如此貌似永恒之地的隐秘所在。老曼娥的瓦拉迦檀曼峨高古寺，口嚼槟榔潜行于林中的拉祜人，老班章旁边“汉人的头颅滚落”的山冈，因为道路的缺失和山谷的割裂，它们均属于未知，属于云霞里的秘密。所以，当我出现在那儿，我觉得自己仍然就像元代前往柬埔寨并写下《真腊风土记》一书的浙江温州人周达观。他书中的三教、人物、语言、死亡、耕种、草木、鸟兽、异事、村落、服饰……仍然鲜活地铺展在腐殖土形成的大地上。村寨、族群和文化，仿佛在其创世和英雄史诗中凝固了，定型了，久历时光也不曾创造出新的世界和新的时间。每一个人，只要他愿意，在任何一棵树下，任何一条草径上，任何一座缅寺中，他一个转身，就可以回到文化的源头，就可以在众多的亡魂中找到自己的祖先，滴滴答答的现代人的钟表到了那儿就会停止转动。奇妙的是，随着工商文明的猛烈渗透、公路的伸入、马悠博士的到来和普洱茶价格的拔地而起，20 年后，也就是一个人的短暂生命足以证明的一瞬，群山摇身一变就成了一列列高速列车，一眨眼就驶过了叭岩冷用热血浇灌过的土地。为此，驱车至三垛山脚，登至峰顶，几个人坐在香樟树下，我问李亚伟：“山峦一如从前，你能想象抽掉这些发白的、飘带似的公路之后，你坐在这儿，你该如何去描述布朗山的形象？”

“我不想象，公路的出现是必然的。”李亚伟冷冷地回应我，“如果布朗山还是你最初到来时的情状，也许我也就无缘坐在三垛山上，无缘体会到西双版纳带给你的欢乐与叹息，最重要的是也许我仍然在喝着绿茶而对普洱茶一无所知。”

“让我惊奇的是，在普洱茶界，文化宣传中首选的是易武、倚邦、蛮砖、莽枝、革登和基诺六座江内古茶山，作为诗人，你本该守候在江内，为什么如此蛮横不讲理地一入茶山就来到了三垛山一带？”我的提问是经验性的，同时也想试探一下李亚伟直奔老班章是否有着盲从的一面。

“嘿嘿，”李亚伟狡黠一笑，“我当然尊重文化，可我还信仰味觉和芳香的宗教。当然，来这儿，原因还是认识郑旺强，他把我引到这儿，告诉我这儿有好茶，也有好酒！”

郑旺强对我们的闲聊没什么兴趣，到了三垛山，就把茶园里的工人喊来，视 1860 亩茶地为领地，又本能地降低身段，钻进茶树林中，与工人们讨论起管理和初制等事项来了。我们坐在山顶，偶尔能听见他高声发布着以“不准”与“只能”为开头的一条条“山规”。

彭哲有一个观点：在西双版纳的普洱茶体系中，布朗山以老班章为代表的茶叶是茶体系里的骨架，是茶之骨。至于原因，海拔、气候、土壤、优质大叶种、无污染，无一不具备。我与李亚伟深有同感。聊到此处时，一起登山的人已经散去，理由是看见一个个村寨上空升起了做饭的炊烟，而我们也渐次趋于无话可说，各自打开外向和内向的目光，四望、垂首、沉默。以电影剧本《屋顶上的轻骑兵》

和《布拉格的春天》等闻名于世的法国作家克劳德·卡里埃尔在其随笔集《与脆弱同行》中说过这么一句话："当我们爬上位阶的顶峰，就再也不能隐藏自己。"天下产茶之山何其多矣，名重一时的茶山亦何其多矣，以三垛山为巅峰的老班章茶山位列其中并成为众山之巅，自然也无法再将自己退回过去，藏身、匿名于时间和文化体系及时代现况之外。可如何才能使之在复杂而庞大的检验体制下面获得人们恒久的信奉？马悠以行动做出了回答，但这答案未必每一个山中茶人都能领会得了。我曾问过门车，为什么不尽快启动普洱茶的品牌升级，单一出售原料的古老做法不仅难以将老班章茶推到应有的高度，而且还给假冒原料的混入留下了巨大的空间。他说受限于人力、技术与文化底蕴，受限于对外部世界的陌生与恐惧。我想他的回应真实地凸显出了他们当前所面临的"狂欢的困境"。郑旺强安排好茶园事项后，又爬到山顶上来，我们一起又议论了这个话题，他的反应没有出现门车的悲观元素，把茶品做好然后销售出去，这种活计他认为根本就不是事情，他说他要做的是坚决杜绝竭泽而渔，力争让一棵棵茶树元气充沛、生机勃勃，身在茶园能够得到精心护理却又仿佛生长于荒山野岭之中。"如果三垛山每一片茶叶都感觉是茶树主动奉献给我的，我能不去精心制作吗？我会担心它们没有市场吗？"太阳落山，晚风吹得茶树和香樟哗哗直响，我们将目光移向暮色中马悠博士维护的天籽山雨林，相约找一个日子一定要去这个"雨林传道士"的墓前敬一杯酒。

下山路上，我对郑旺强说："你无疑是一个找到了自己的道路的人，可现在只是站在道路的起点上……"他说风大，没有听清楚，要我再说一遍。我又说了一遍。

五

门车家的80亩古树茶园，分布在老班章至老曼娥的公路旁边。与那些荒坡上稀稀疏疏有着几棵古茶树的丢荒过或间伐过、矮化过的茶园不同，他家的茶园里，一棵棵巨伞似的乔木古茶树排列疏密有致，几百年时间的生长使得它们的枝条不仅苍郁如铁，而且早已突破科学种植范畴内间距与行距的防线，互相勾连在了一起，人在茶树下行走，枝干、残叶和嫩芽将天空遮得一点不剩。除了那些朝向天空与阳光的嫩枝，也就是茶树欣欣向荣的一面，人们在茶树下所能见到的每一根枝干上都长满了青苔，如果人们因为恍惚而忘记了脚底下松软的泥土，给人的第一印象，它们就是青苔试图向着天空蔓延而去的支架，或者说，青苔作为时间的灰尘，它们已经被封锁在时间的内部了，乃是时间的骨头。所谓老茶树，就是说，它们的枝条即使是只有筷子那么粗的一根，你也不知道它是哪一个古老春天的儿孙，而且一位80岁的老茶人可能会告诉你，在他童年时期与母亲一起采茶时，这一根枯条已经是这个样子了，它活着，生长着，却一动不动，拒绝变化。变化的，一次次向着明净、清朗的天空生出叶芽的，是古老枝条冠顶之上的另一些枝条。每一棵茶树的体制与伦理，一如哈尼族家庭体系中不朽的体制与伦理：即使是死去了的祖先，他们的灵魂仍然活着，础石或房柱一般存在于所有子孙生命的舞台上，永恒地为面向天空的子孙提供着源源不断的精神给养与肉身支持。没有一个生命会消失，任何有着血缘关系的生命归于寂静之后都会变成不朽的引导子孙的图腾。

饮茶已成为中国人最本能的欲望之一。它不仅仅可以用来合理地否认世界的重量，也可以用来优雅地否认人生的复杂性。从门车家的茶园前往那棵2018年春茶拍卖了几十万元人民币的“老班章茶树王”很近，但我的猎奇心还是被中午的安宁所压制，与其扮演茶叶事件中表象上的超脱者实际上内心又暗藏着一个偷窥者的矛盾角色，我更乐意在茶园中的一块林中空地上坐下来。波兰诗人米沃什有一首著名的诗歌《礼物》，其中有这么两句：“这世上没有一样东西我想占有 / 我知道没有一个人值得我羡慕。”我从不怀疑“老班章茶树王”生长出来的叶菁所具有的象征性，可我在经过了20年的茶山游历，对茶叶有了顽固的个体认知之后，已经无比坦然，我无心占有它贵如黄金的一枝一叶，否认世界的重量与否认人生的复杂性，未必需要后天赋予重量的、复杂元素增多的那一批茶叶，甚至未必需要老班章茶叶，南糯山、巴达山、勐宋山、曼糯山上的每一种茶叶都可以。正如从三垛山下来的路上，我又跟郑旺强所谈及的：“你站在了你道路的起点上，之后的旅途中，炮制2000年班章珍藏青饼和2003年班章六星孔雀青饼之类的产品只是一种日常性工作，如何消解产品的神话特质，使之平凡而又端庄地去到尽可能多的消费者的茶案上，也许才是最大的课题！”这无关利益空间的割让，也不是借此来反对品饮王国中人造的一个个价格奇观，只是让茶叶归于茶叶，让人在品饮茶水、产生诸多意念之前减少一系列的物质主义猜想，让茶山重归正常的安宁。我见识过的爆炸性炒作何其多矣，时间与茶山现场没建起神圣的纪念碑，倒是丢下了不多的品牌废墟和道德垃圾。而我在此幽灵岛出没的海面上，似乎真正迷上的除了从人们并不关注的茶品中品出它们无限的好处而外，就是一次次地来到茶园里，坐在茶树下或林中空地上。我知道没有一棵茶树属于我，我也不可能长久拥有成为一棵茶树那样的菩萨心，靠近它们，至少在靠近的那一个个瞬间，我觉得自己如获寄托，自己将自己托孤给了它们。门车家的茶园，外面的公路上不时有越野车驶过，也有人停下车，到茶园里赞叹，拍照，或像我一样坐下，或采几个芽尖放在嘴巴里清嚼，或寻找茶树上寄生的石斛，还有一个河南口音的人坐到了我的旁边，问我是不是这片茶园的主人，我说是的，此刻我是这片茶园的主人。

从门车家的茶园去天籽山只有几公里路程，过了天籽山，有一座荒丘上矗立着布朗人的几座金色佛塔。没有和尚住持，平时也很少有人光临，刘云成告诉我那儿是布朗人的灵魂去往天国的出发之地，而且那些灵魂在出发之前，一般都会回头望一望四周的茶山。我多次从荒丘下路过，至今没有深入，一直担心自己一旦去了，就会打扰到那些灵魂的安宁。当然，在门车家的茶园，还可以看见老班章高大的寨门，那儿居住着哈尼人神通广大的神灵。祂们是隐形的，入寨或出寨，每一个人都得接受祂们的检阅与审判。

一

个体即沧海。

因为知识、体认、执念的差异，一些自我主义者总是独立存在于大众之外，而且他们之间也互不妥协，每一个人均作为个体，独占一座山头。他们坚信自己所在的山头就是现实和精神上的珠穆朗玛峰，离天空最近。

现在，勐海县开发区边上一座陈旧的竹楼上，坐在我对面为我煎茶、说茶的这位先生，名叫陆德龙，浙江台州人，为了做出他心目中最好的普洱茶，隐身西双版纳近 30 年，他就认为勐宋茶山滑竹梁子出产的茶叶，其综合品质，万山丛里，没有一座山可比。像寻找龙穴的阴阳师那样，陆德龙先生曾沿着群山里的一条条砂土带，一天走上几十公里，耗去不知多少岁月，就为了找到一片完美生长在岩砂土上的古茶林。布朗山没有，易武山、曼松山也不全是，他说：“谢谢苍天垂怜，那是一天中午，当我忍受着干渴与饥饿，进入西双版纳最高峰——海拔 2429 米的滑竹梁子山系，在一片巨大的向阳的坡地上，终于发现了一座岩砂土上的古茶园……”他信奉岩砂土的理由非常简单：与黄土和红土比较，岩砂土透气性好，供养出来的茶品甜度和厚度远优于其他茶品，回甘充分而又持久。这样的茶品有利于珍藏，经得起漫长时间的验证。趣味类似的茶人，我还结识过几个，有的困守易武山与老挝交界的原始森林中，迷信腐殖土上的茶树；有的建初制所于倚邦山里，推崇小叶种老茶树；有的出没于基诺山，对变异的紫茶情有独钟；还有人读野山茶史入迷，对曾经入列“古六大茶山”后来又遁迹匿名的习空山和架布山的茶叶神魂颠倒，每年春天必然浪迹在毁于瘟疫的架布老寨的废墟上……他们各有其理论与审美依据，不容别人否决。有所不同，一些人视别趣为圭臬，陆德龙先生则是极其挑剔地存在于常识性的理论铁律之下，一览众山小。

坊间有个传说，也就是在15年前发现滑竹梁子岩砂土茶园之时，陆德龙开始全力深入勐宋茶山制茶。有一天，在某个拉祜族山寨，当他看见少数人家在水泥地上晒茶，感觉不卫生，却又一时找不到好的方法来修正人们的习惯，整天闷闷不乐，挖空心思也一无所获。结果，到了晚上，投宿于一户人家，这家人在柴火上烤肉招待他。没想到，当主人先给他敬酒，又奉上一大块烤肉时，他突然把接到手中的烤肉扔到了地上，并又迅速地将沾上了灰尘的烤肉捡起来，回敬给主人。主人遭此冒犯，一脸愕然，愤怒，以为家里招来了恶灵附体的坏蛋，起身就要逐鬼。陆德龙这才站起来，双手扶着发抖的主人的双肩，让对方息怒，坐下，望着对方的眼睛，平静而真诚地说道：“丢到地上的烤肉您不吃，我当然也不会吃，因为它被弄脏了。可为什么你们要把在地上晒干的茶叶泡来喝，还用它招待客人？难道这些茶叶不会被弄脏？”

以善意的莽撞行为对山中茶人不良的制茶习惯进行纠改，目的无非是让优质的茶叶原料最终能升华为完美的茶品。陆德龙先生在确认这一“传说”的真实性之后，情绪非常激动：“有良性土壤、无与伦比的植被和美得令人赞叹的云海，勐宋山没有理由不出产最好的普洱茶，可就连很多祖祖辈辈做茶的拉祜人、哈尼人、布朗人和山头汉人也没有充分意识到，自己手中的茶菁一点儿也不比老班章的差……”他边说，边从茶架上随手拿过5个茶饼，对我说：“今天我一定要让你见识一下勐宋茶，咱们一泡接一泡地喝，如果你觉得那一款不好，请你直接告诉我！”5款茶，分别出自那卡、上大安、曼西良、曼西龙，另外一款就是他所说的滑竹梁子岩砂土茶园的产品。

以前，勐海茶厂收茶，拉祜族茶人所做的茶叶原料，在等级上总是会被定得更高一些，原因是他们的制茶传统中所制茶叶的条索必须紧结、密实、显毫，所以我猜测陆德龙的茶品虽然分布于不同民族山寨，但多数出自拉祜茶人之手，开汤后汤色金黄明亮，香气纯正持久，滋味醇厚，生津回甘极佳，与我味觉记忆中的勐宋茶别无二致。历史上拉祜族是一个游猎民族，常常因为各种原因处于迁徙之中，但他们又嗜茶如命，有“不得喝茶头会疼”之说。为此，每次采茶从不求多，只求少量的一芽两叶，而且头晚杀青，揉搓摊晾，第二天早上就得马上回揉，晒干后又得迅速装进香竹筒或熬制成茶膏，以便随身带走。因为原料几乎全是一芽两叶，并进行回揉，其茶叶条索较之其他茶叶就要密实、紧结得多，而且蕴香，耐泡，叶底色泽均匀。

我想，陆德龙先生以不失偏执的个体经验选择勐宋茶山作为自己茶品经营的根据地，滑竹梁子的岩砂土满足了他严苛的取茶标准无疑只是原因之一，拉祜人制茶工艺的高水准不能不说也是一个重要的原因。

二

2012年的一天，小说家马原在默默、李亚伟和另外一位诗人高晓诗的陪同下，由景洪城驱车40分钟，来到了南糯山姑娘寨。此行的目的本来是奔赴隐居于此的本土画家周军的家宴，殊不知车过半坡老寨之后，汽车穿雾登云，南糯山向北展开的锦绣斜坡上面，自然景观与人文景观绚丽得令人仿佛进入了先锋小说之外的人间天堂。马原一路停顿，一路惊喜，不待周军的家宴结束，就向人们宣布他终于找到了自己下半生落脚的地方。之后，他也果然在姑娘寨建房安家，变成了南糯山居民。在他选址建房初期，我曾与他一同上南糯山做过一次考察，途中在两个地方停留最久：一个是姑娘寨脚下废弃的小学校园，那儿的斜坡上凌空生出一片平地，三面临虚；另一个就是他现在所建的九路马书院所在地，位于姑娘寨东北侧的溪谷之中。在这两个地方停留时，马原都手舞足蹈，口若悬河，本能地赞美着涌到我们脚底、身边的白雾，以及白雾中时隐时现的树丛和远处的山峰，认定它们就是自己最亲密的邻居，或者说认定它们肯定能够在自己身边完成另一次从精神偶象坐实为自然万物的变形记。一个行走在通往桃花源之路上的人，谁也无权将其拉回来，其实，在他用手为我指指点点的时候，我就知道，他为之动了肝肠的白雾，白雾中船帆一样行驶的山峰，它们均出自南糯山对面的勐宋山，大自然以借景的方式在其襟抱之外为他平移来了一幕幕每天都会呈现

勐宋山

的仙景，喜悦他，加持他，接引他。

勐宋山与南糯山一北一南，它们所形成的两座巨型彩屏之间是内地尤其景洪城通往江外直抵缅甸的古老路径。就在道路分岔前往姑娘寨和格朗和的山脚下，有一片土地，现在种满了香蕉，香蕉的四周遍生多依树和山茅草，表面上与任何一块香蕉地没什么区别。可我认识的一位自称“通灵”的老人曾经多次告诉我，每天从黄昏开始，她就能听见香蕉地里有人在诵经或窃窃细语，因为那儿曾经有过一座布朗人的缅寺，众多的灵魂还没有走散。2007 年夏天的某日，我欲驱车从那儿的另一条岔路进入勐宋山，这位老人亦曾拦阻过我。她说，勐宋山茶好，而且产量大，明清时期就有来自各省的茶商入山做茶，一些赶马帮的人来到西双版纳，不想重返千万里之外的故乡，也有很多进了勐宋，结村建寨做了茶农，当地人称其为“山头汉人”。我所要途经的一个十字路口，民国初年曾有来自贵州水城贩茶的父女两人死在那儿，他们的灵魂一直在那儿徜徉，梦想着寻找适合的人附体，将他们带回老家，而我也许会被他们选中。我没有完全相信老人之言，一方面觉得能让不死的灵魂假自己之躯返乡也是一宗善行，另一方面从小接受的鬼神文化教育又让自己心怀畏惧，担心那不死的灵魂会将自己变成他们，而我将不复存在，只好在道法信仰与个体忧虑惨烈对质的矛盾中继续驱车上路。

时间的纵向刻度上发生的一切，我以为是一个个空间的联结体在平行的进程中展示其幻象。那些灭亡的王朝，那些死去的人，他们并未消失，只是他们所在的那个空间我们尚无深入的法门。我唯心地相信老人口中入勐宋做茶的清朝与民国时代的人们现在仍在勐宋做茶，任何一个看不见的空间都需要既芳香又苦涩的茶水去滋润。

可那一次我还是没有遇上那两个有家归不得的贵州灵魂，丢失了走进灵魂王国的机会。老人后来告诉我，我之所以得以洁身进入勐宋，因为她动用了某种法术，令两个贵州灵魂自己回到了水城。但我的经历则是：当我驱车到达大安村，一场浓雾封锁了道路，只好停了下来，距她所说的从勐海县城去往那卡的公路与通向大安的公路的交会处还有几公里路程。“勐宋”，傣语，意为高山上的坝子。大安村分为上大安和下大安，两个寨子均位于坝子的底部。无论是2007年的那次大安行，还是2018年初冬重访大安，都有人在茫茫大雾中告诉我，人们站在山顶上看见的著名的勐宋云海，其最深的“海底”就在大安。两次身在大安的雾中，前一次我隐隐觉得冥冥之中可能是一种别样的异力代替通灵的老人最终阻挠了我，当然也可能纯粹是一场大雾自自然然地遮住了道路；后一次则是我主动来到大雾之中，走访空无一人的缅寺，在雾气弥漫的纳安缘茶坊里品茶，与其主人广永平谈论那些消失在雾中的茶树、茶人和茶事。

广永平的父亲是彝族，母亲是傣族，身份证上他则是汉族，其妻儿又是傣族。这也是一场雾。

三

到了中午，大雾才开始消散，纳安缘茶作坊周边的房屋、从山上一直覆盖至寨子里的高高低低的林木也才渐渐显现出轮廓，湿漉漉的，绿油油的。各种植物分别存形于其本身，谁也不模仿谁，谁的身上都没有暗藏谁，但它们又是如此的不可分析，一体化地静立着，无心在意大雾退走或腾空时速度的疾与缓。茶树排列在其间，多依树、香竹、香樟和榕树没有因为它们是茶树而对其心怀崇敬或恨意，反而是它们倍显苍老的枝干有意无意地向四面伸出，像年老的托钵僧瘦骨嶙峋的手掌。

在我们喝茶聊天的几个小时内，广永平23岁的儿子一直在用一把小刀削着待腌泡的多依果，垂首，沉默，静如石佛。广永平说，家里每年销售茶叶10吨左右，古树茶400元左右一公斤，生态茶140元左右一公斤，这个削多依果的儿子，他在网络上销售，收入达到了80万元人民币左右。其间他3次抬手指着门外的大雾，一次是告诉我雾中的大安村有357户人家，布朗、拉祜、布朗傣、山头汉人都有，户户种茶；一次是说，像纳安缘这样规模的茶叶作坊，仅他家所在的上大安村有七八个，全村有茶叶初制所50多个，都在雾里；最后一次，他说，上大安、下大安、曼西良拉、曼西龙布朗傣、曼西龙拉5个寨子，各个民族之间已经普遍通婚，那大雾里的公路上经常会出现欢天喜地、色彩斑斓的迎亲队伍。

四

“雨林茶行”总部还设在昆明翠湖边上的时候，距我所住的社区只有100米左右，我偶尔会进去坐坐，讨杯茶喝下。如果碰上茶行的合伙人樊露或者老朱，他们还会通知厨房多做两道菜，拿出一瓶好酒，我们边喝边聊茶。八九年前，以山头或村寨为地理标识认真制作纯料普洱茶的茶企还不多见，把所有茶品全做成纯料普洱茶的企业，我也就只见识过“雨林茶行”了。樊露现在见到我，开口就说：“跑烂了几部越野车，我已经不止一次到过西双版纳每一个产茶的寨子！”样子颇为自得。可在当时，他到过的茶山可能还没有我多，听我讲众多的茶山、茶山上不同的茶叶品质、茶山故事，他认为我是在声援制作山头纯料茶，为山头纯料茶的市场合法性提供文化人类学的田野支持。而且，当时我就非常赞赏他们注重茶山资源调查，把初制所建到寨子里去，在众多的茶农中间找出最优秀者作为“雨林茶行”的原料技师的一系列做法，深感他们这是“在教堂开建之前，深挖基坑，将最坚硬、最耐久的石头砌进了看不见的教堂的基础工程之中”。久阅茶山，见过前往茶山立个“某某公司茶园”的木牌子，拍张宣传照片，然后就转身下山的企业；也见过到处拜山许愿，在茶农自家的初制所门上悬挂上公司初制所匾额，然后又杳如黄鹤的企业；我甚至见过有的茶商，不辞千辛万苦，翻山越岭，深入不毛，充当一户户茶农的代言人，许以高价，赊走茶叶，翻江倒海纵横于广东和北京的茶市，挣了不少的钱，却至今不与茶农“秋后算账”……“雨林茶行”的做法无疑是一种戡乱和立信之举，我为此还多次向樊露和老朱直言：若不变心性、不改节操，久而久之地坚持，这样的一条道路一直走下去，“雨林茶行”必然会成为普洱茶界制作纯料茶品的旗帜性茶企。在这样的一次次交流中，我与樊露也就成了朋友。之后的几年，樊露从我的视野里彻底消失了，“雨林茶行”翠湖边的总部也逐渐缩小了规模，直到最终撤离翠湖。

樊露及其合伙人，把“雨林茶行”总部、研发基地、原料样品博物馆、网络销售平台、产品展示和茶艺中心全部搬到了勐宋山中。2006年秋天，我从南糯山出发，用了两个月时间，漫游布朗山、巴达山，又从勐海县转入景洪市的基诺山，过小黑江，入勐腊县的倚邦山、革登山、莽枝山、蛮砖山、习空山、架布山和易武山，目睹了众多雨林吞噬殆尽的寺庙、银矿、老茶坊、曾经鼎兴的街市、牌坊、巨匾、壁画、赛马场、染布坊、摩崖、纸厂、20世纪40年代的制茶车间和20世纪50年代的生产红碎茶设备……曾挽歌式地赞叹，西双版纳的雨林中存在着一种反方向的文明，掀开地面上层层叠叠的落叶和腐殖土，菩萨的头颅就会显露出来，在当时意味着科学与文明的光芒就会迸射而出，刺得目光向下的人们睁不开眼睛。如果说这种遗失的反向的文明只能成为地方断代史中鲜为人知的部分，而且即便被发现也难以续接上今天的文化脉息，那么“雨林茶行”的行为，就是公然地淡化“断代”所形成的文化鸿沟，消除地理空间的约束，站在未来的立场上，极富使命感和道义担当地将工商文明的种子直接种植到了沉寂的沃土之中。他们删除了茶商与茶农之间所有的中间环节，从机构到人力，都主动地将制茶理念和工作现场，与有着上千年制茶传统的各个民族的茶山文化一次性地对接在了一起，使之成为一个文化体系和利益同盟。直接进入茶山，不是在高速公路旁边，不是在县城的开发区，“雨林茶行”建在勐宋山坳上的那片现代感十足的楼房，薄雾中或阳光下，远远看去，都仿佛是真实的前往蔚蓝色天空的站台。

“想不想参观一下我们的原料样品博物馆呢？”从大安村前往那卡的途中，我的电话响了，樊露没有问候，开口就问我。我还没有回应，他接着说：“好几年不见面了，你先别去那卡，进来坐坐吧。”他的声音和往常一样沉静、有力，给人一种阳刚、安全和坚定的印象。“雨林茶行”的原料样品博物馆一般不轻易示人，同行者中有拉祜茶人崔琳，以潜心手工制作布朗山茶和传承与推广拉祜族文化而闻名于众茶山，听说样品博物馆可以一窥堂奥，兴奋得大叫起来，未征求我的意见，便让司机掉转车头朝着“雨林茶行”方向开去。车过勐宋坝子，所见村寨旧式竹楼均已减少，代之的多数是深蓝色石棉瓦盖顶的钢筋水泥“竹楼”，也有一定比例的个性化别墅穿插其中。街道上人不多，但两边照例停满了卡车、拖拉机，各种小汽车和摩托，汽修店、饭店、农资店和百货店一应俱全，每一家茶店往往都销售少量的成品茶和大宗的茶叶原料，且一一在店铺的门廊上标出茶叶出产的山头名称，“那卡”和“滑竹梁子”格外醒目。出了村寨，道路两边的田野上，稻谷已经收割，大片大片的甘蔗，绿色叶子的边缘开始泛黄，很快就将迎来榨季，微风吹拂，空气里弥漫着丝丝缕缕连绵不绝的香甜味。路边不时会有一群群穿着节日盛装，背着弦子或吉他的拉祜族男女，像大地上移动的花丛，他们边走边唱，也在朝着“雨林茶行”的方向走。崔琳说，这些同胞刚在那卡参加完勐海县拉祜族学会举办的民间歌舞会演，不尽兴，还将去“雨林茶行”的接待中心聚餐，饮酒，然后接着在那里的广场上举行篝火晚会。

太阳西斜，赤色、温暖的光照耀着道路尽头的山坳、密林和之上万马奔腾似的白云。“雨林茶行”就藏身在那山坳下的密林里面，进入其间，你就会发现，在规划、设计、建造这个规模庞大的现代建筑群的时候，人们的建筑学观一点儿也不激进，采取了退守的姿态，不是把建筑物当成山水林木的主体进行强横介入，而是无条件地尊重原生的自然格局，择取一个个受万物庇护的角落，不动草木的立身之所，然后才将建筑物小心翼翼地安放在那里。因此你反而会有

● 勐宋山

● 勐宋山

这样的感受：这些由砼体、金属、玻璃、石材和瓷砖组合而成的建筑物，它们与大地为一体，是先于榕树、榉树、桤木、美人蕉、多依树和竹林而存在的，尽管它们的确是后生之物，是不折不扣的现代文明的信使。樊露见到我们，也不客套，将我们领至阔大而宁静的品饮中心一角的茶台前，直接就问我："想喝哪座山的茶？"我说："曼西良。"几年不见，他的外貌没大的变化，只是皮肤变成了棕色，体格显得更精壮。"如何？"我刚喝下第一口茶汤，他便用目光逼视着我，声音不像来自他，而是来自他身后的茶架，茶架背后的那棵自然枯死后移来的古茶树标本。我没有接他的话茬，只想听他介绍一下他的茶山经历和"雨林茶行"的现况，他也没按我的思路出牌，绕开了可能出现的一问一答式的局面，我们刚喝至第三泡，他就站起身来："走，我带你们去看看样品馆和产品展示中心！"口气不容违抗。

阿尔巴尼亚诗人、小说家卡达莱有一部名叫《梦幻宫殿》的小说，讲述的故事是"独裁"时期政府为了消除一切威胁到统治权的隐患，对臣民的梦境进行大规模的收集和分析，再根据梦境中所获得的信息做出相应的、现实的、强横的决策。其收集、整理臣民梦境的"梦幻宫殿"里，云集了一个国家具有最聪慧的头脑的大批析梦师，同时也堆满了从全国各地采集而来的各种梦境的记录档案。一脚踏进"雨林茶行"的样品馆，看着巨大的空间内竖立着一排排档案柜，柜架上都摆满了来自云南众多茶山每一个村寨和山头的茶叶样品档案盒，即便像我这样自称万水千山走遍的人，也发现那档案盒上面署明的村寨和山头，只有一小部分是我到达过或耳熟能详的，大部分则是陌生的，不可知的，很多地名，甚至连地图上也未曾标明。几万份茶叶样品，樊露在介绍的时候，声音越发低沉，夹杂了一丝傲慢的喜悦，就好像他又回到了某个茶样的原生地，根本不想现身，却因为身负某种“独裁”式的特殊的使命与义务，不无遗憾地回来了，并向我们奉上不宜外传的只有他们拥有的秘密，以及由这些秘密组成的梦幻般的茶叶帝国的远大理想。我在档案柜之间穿行，见到熟悉的、去过的村寨和山头名，就会伸出手去摸一摸相应的档袋盒，也就会自然而然地想起与之相关的一些往事。雨林、峡谷、寺庙、荒坟、落日、劣质的白酒、住在茶树底下的收茶人、缅甸或老挝的云朵、蚊虫、野象、白鹇鸟、幽灵一样的文身师、牛贩子、猎人、砍刀、毒药、迷失、鬼魂……凡是纷至沓来者，都没有出处，却有着无处不在的去处。

“每一个样品，我都想喝上一泡，行吗？”

“是不是每一种样品都要做成相应的产品？”

“如果用它们来制作拼配茶，这现实中的几万种茶样，将会产生怎样的可能性？”

我连续向樊露问了三个问题，他都笑而不答。将梦境落实为具象，“独裁”的风险，一意孤行的后果、已知与未知纠缠在一起所产生的威胁与压力，不在回答与讨论的范畴之内。可以展开的画卷、已经修筑起来的道路上面，行走的人只会保持沉默与孤独。如此沉默与孤独，仿佛产品展示中心展览架上、视屏上和招贴画上光华灼灼的产品，其衍生品早已流布于茶市，而幻象般的它们，可能永远不会有人认领。

五

是的，我又见到了王正明，一个声音里有施恩的神灵、有万物祈求和尽情悲喜的拉祜族歌手。在曼吕村的那卡寨。他身材矮小、结实，穿上以黑色为主色调的拉祜族服装，就像往返于人间天国的一只巨翅鸟拥有着创世之初的羽毛。在这盛装的、赤着双足的母亲和孩子们中间，在嘴巴上叼着烟斗的沉默的父亲们的凝视下，他的歌声不需要清风传送，它自身就能在寂静的山谷内制造出风、雷、电，将它所要表述的问候、礼赞、独白、哀求和倾诉毫无保留地传送给一只只竖起来的耳朵与隐藏的心灵。在他的王国中，老虎给相恋的人送信，悬崖上的茶树与太阳对话，河流到山顶眺望大海，死去的人给子孙赶来成群的岩羊和野兔，而活着的人每天都将前往雨林中把亡灵的火塘点燃，王国里迁徙的队伍在相爱时化为神仙又在月亮的清辉里转身回归芭蕉丛里的竹楼。那声音的历史中，人们自由地出入，没有篱笆与隔墙，没有天堑与栈桥，没有过去、现在与来日，它是圆的，包容一切的，会流动的，像母亲苍老而年轻的心脏。

不要打扰风声里睡觉的鸟
不要打扰，拉直了身体
站立在河床上的蛇。不要打扰
这一个拉祜老人，他刚刚灵魂出窍
也请你们，不要打扰我，我必须记住

这么多细小的山规，必须皈依
这么多蚁蝼的宗教……
老人安身的地点，曾经一层叠一层地
埋过他的祖先，他们终于手找到了手
骨找到了骨，心上草根
互相盘绕。请不要打扰啊，他们
在地下，也该歇息了
那儿静悄悄的，似乎只有一群
搬运骨头的蚁蝼，天上人间
不停地，来回奔跑

在王正明用拉祜语朗诵我写的这首诗歌《为一个拉祜老人守灵》的时候，我分明看见了一泓流经墓地的溪水，看见了一个通灵的人站在通往人间的道路中央，将一个个过路的人拦了回去……

现在，当我透过层层白雾来回忆那一场那卡山谷中的演唱会，我开始相信人们关于茶树来自天空的说法，而且觉得在迁徙史诗叙事与抒情的接合部也有一片片茶树林在自由地生长。它们未必百分之百地出现在陆德龙所说的岩砂土上，但它们的确证实了时间与人类经验的可靠性与传承性：它们遍生于“土中杂石”之间，与清人阮福所说的“最佳”之茶的生长地别无二致。而那赤土与白石，无论在史诗里抑或生活实景中，当其象征性被无限地放大，或说已经被生活的刀刃挑剔得只剩下象征性，它们无疑就是拉祜人生命历程中速朽的肉身与不死的灵魂。因为孤傲，胆怯，忍受不了任何形式的错责与羞辱，拉祜人可以在一分钟之内完成血肉之躯到尘土的自我过渡，同时又能在自己所变的尘土上屹立起一块块雷霆也击劈不碎的魂魄之石。老人们因此才这么说：“喝一泡这种茶树上长出的苦叶子，我们就能看见祖先的灵魂，并得到他们的庇护！”他们在说类似话语的时候，如果坐在寨子边的石头上或多依树底，脖子会向上伸直，就像要把头颅伸进白雾中去，然后才把目光投向白雾里长满古茶树的微微露出峰顶的山峰，整个侧着的身体凝固如黑冰；如果是坐在家里的火塘边，他们的头颅将低垂下来，目光并不轻易投向祖先灵魂所在的神龛，而是迷离地、沉静地望着火塘里渐暗或渐明的柴火。仿佛他们正在虚化自己。我一次次沉默而恍惚地与他们同坐，饮酒或品茶，隐隐约约地感受得到，在拉祜人的山寨之中存在着唯有心灵才能激活的三种契约：一种是为死去的人留下来的灵魂而制定，一种是为活着的人而制定，第三种则针对死人与活人。它们中的第一、二种，有着相应的边界，清规、戒律、约定分别指向具体的事物，以求落实在日常生活之中。第三种没有边界，更像是死人与活人的灵魂共同起草的法律，它存在于神龛与冥想之间、墓地与寨子之间，死魂灵视其为一种血脉传袭的道德律条，活人则需要借助种种具有不同功能的载体方能抵达，以另一个生命去无声地遵守。这些载体，包括农具、草木、语言、法术、禽兽和歌舞等等，茶叶只是其中的一种。在不同山头的千万种茶叶中，那卡茶肯定又是最有灵验的，按照拉祜茶人杨利民的说法，因为那卡茶香气高扬，可以飘向人眼看不到的地方，而且在香气徐徐涌起之时，苦涩之味亦作为回甜的先发滋味适时出现，且很快就演绎出“苦尽甘来”的味觉神话，这样的茶叶是看得见的世界与看不见的世界都非常喜爱的奇异之物。

王正明的歌声和朗诵，我一直觉得不需要舞台，他，只有他一个人，站在了与山峰一样巨大的一团白雾中，围坐在白雾之外的人们根本看不见他的身影，只有他的声音从白雾中传出来，高亢或低沉，哪怕他从白雾中消失了，人们也还围坐在白雾的四周。这正如我置身于那卡寨，我以为自己在这犹如勐宋山心脏的拉祜族寨子里，一定可以推开某户人家的木门，轻松地坐在金丝楠木大板做成的茶台前，认真聆听某位做过猎手的老茶人讲述制茶的秘籍，至少我可以沿着一条新修的水泥路或一条布满泥浆的土路，穿过“砍头树”的密林，去到茶树林里，认真分辨“白皮”和“青皮”茶树之间的区别，当然也可以站在一棵足以称为茶树王的老茶树底下，饶有兴味地观察向阳的茶菁与背阴的茶菁、树冠上的茶菁与矮枝上的茶菁，它们在一棵树上所表现出来的不同情态。可事实并非如此。白雾在笼罩茶山的同时也笼罩着古老的寨子，不是人们在回避我，刻意将茶叶托付给神灵，也不是入山制茶的人太多，众语喧哗中我听不到真切的讲述，纯粹是我的身份与山寨里人们的身份错误地进行了互换，我出现在了白雾之中，他们却身在白雾之外，而且我的探寻与提问无法类比王正明的声音。我所带来的话语体系令我羞愧、窘迫：什么茶价、茶树史、做茶工艺、市场竞争、产品升级……人们在聆听王正明的声音时用的是听我声音时的同样的耳朵，在王正明那里，这些耳朵连着心脏，能让一座座身体宫殿瞬间燃烧，可到了我这儿，这些耳朵像窗门那样迅速地关上了。群山之外人们津津乐道、吸髓有味、眼含精光地谈论着的普洱茶理论，人们不仅觉得无趣、无厘头，而且完全就仿佛在说着其他的什么产品，反正不是普洱茶。一位到过广州芳村茶叶市场的拉祜年轻人告诉我，看见那些汉人女子在茶室里演示茶艺，他顿时觉得自己去到了疯人院：“泡茶，我们拉祜人比谁都有经验。这就像森林里的池塘，绿汪汪的，清澈见底，里面装着的那些树叶千万不能去搅动它们，只要你伸手去搅动，它们马上就腐烂了，而一汪绿水也就会变得混浊不堪，再不能饮用。我们泡茶遵循的就是这道理，让茶叶静静地沉浸在水里，自自然然地散发出它们的滋味。可是他们泡茶不是这样，每一道工序仿佛都只是为了从茶叶里狠心地压榨出尽可能多的他们设想出来的滋味，啊莫莫，那也叫泡茶……”在他有限的讲述中，那些一再纂修与升华过的茶叶理论，或许适用于作为畅销商品的茶品，它们与那卡的制茶常识无法实现对接：“知道吗？这寨子里所有的人，刚一出生，很多茶树已经是现在的样子了。所谓工艺，祖祖辈辈用了上千年时间学习、总结、创造，形成了古老的传统。变，只能往好的方向变，如果只是因为讨好暂时的市场需要而求变，不如不变！我们知道，很多标准是永远不能变的，为什么要变？比如阳光晒干这道工序，现在有人变成烘房烘干，这是万万不可以的，烘干的茶叶最明显的特点就是再也喝不出阳光的味道来了，这变也叫变？照这么变下去，过不了几年就没有那卡茶了，也不会再有真正的普洱茶了。”这位情绪激动的年轻人拒绝告诉我他的姓名，对自己今后到底是做个茶人，还是煮酒师傅，或者去缅甸当个猎人，他说他还在犹豫。问他为什么不留在广州，他很干脆：“不毬想！”

我身边升腾的白雾与王正明身边的白雾不是同一种。所以，演唱会结束之后，他很快就加入到了狂欢的山地宴席中去了，不时高声地唱起落日下金色的祝酒歌，而我则绕开好客的人们，依着寨子边的一株茶树坐了下来，眺望不远处峡谷中新一轮升起的暮色与雾气。寨子和茶山上的其他寨子没什么不同，一样地处于新房取代旧式干栏式竹楼的进程之中，也照例有那么几个来寨子里小住的外省茶商，穿着入时，相约了在寨子外的水泥路上闲逛，几条小狗一前一后地围着他们瞎跑。距我不远的山坡上，树林相对密集，疑是寨子的墓地，众多的鸟儿朝着那儿飞，我想去看看，但最终还是放弃了这个念头。

六

站在峰峦上看白色世界，它是云海。

匿身于白色世界之中，它是潮湿的雾团。当雾团开始朝着一个方向滚动，必有清风在朝着同一个方向吹拂，这时候也就会有阳光刺入雾团与雾团之间的空隙。雾团与雾团之间并不存在鲜明的分界线，它们往往还由一层软组织也就是一层薄雾连结着，所以阳光产生不了锋刃的效果，而是像烧荒的野火那样，从高空蔓延下来，在点燃薄雾后，试图也将阵势浩大的雾团点燃。那些雾团的边上因此出现了金色火焰的流苏，它们滚动着，翻卷着，仿佛众神正在将天地间的火球从一个空间驱赶到另一个空间去。渐渐地，众多的雾团因为加速度的存在而分裂，它们中间，太阳之火得以鼎盛，隐伏很久的山丘、沟壑、村寨和森林开始显现出来，同时现身的还有从勐宋乡政府所在地前往大安、曼西良和滑竹梁子的那条树丛与岩石之间的简易公路。沿着这条路往上跃进，很多人得以观望到勐宋有群山作为边界的云海，或登临滑竹梁子这座西双版纳最高峰，以个体小天下，收大江和雨林于眼底，也有人在公路的两边找到了自己梦寐以求的茶叶，像樊露那样建起了自己的精神博物馆。但更多的人仍然是像曼西良村拉祜茶人扎老二或像浪迹广东多年后因为爱茶而隐居曼西良的杨文明这样的人，他们从不关心云海的边界在什么地方，头顶上滚动的火球、乍现的蓝天、白雾中飘来的歌声，对他们来说，早已是日常生活中普通的景象。梦想家、探险家、摄影师、神秘的文身师、文化人类学学者、盗墓贼、毒贩子、疯狂的茶客和所有的浪漫主义者，一拨接一拨地从他们身边经过，他们投过去的目光没有一丝一毫的惊奇。

40 岁的扎老二只有小学学历，20 多年前他曾梦想从曼西良出发，穿过大雾，沿着简易公路去景洪或者缅甸“找一口饭吃”，娶妻，生子，活下去，对自己和世界都没有任何奢华的要求。可从 2006 年开始，他尝试着在清晨的茫茫大雾中采下茶菁，按祖先的方式杀青，揉搓，在透过大雾的阳光里晒干，竟然就会有人从大雾中走来，谈价、过秤、付钱，喜滋滋地就把茶叶运走了。第一年他就有了 5 万元人民币的收入，感觉那一张张崭新的钱币“是从阳光里飘下来的”。到了 2018 年，5 万元人民币上升为 30 多万元，他仍然觉得，“只要大雾一散，阳光就会把茶树照得亮闪闪的……”对文学特别是诗歌有着深入研究的杨文明，是扎老二的邻居了，我与他漫步在寨子旁边的一条草径上。在他看来，无论是那卡、滑竹梁子、大安，还是曼西良，人们的日常工作就是“在白雾之中与茶树舞蹈”，然后，不用等待，“白雾的大门会自动打开”，那些从白雾中头顶露珠而来的人，看见茶叶，总是会“露出天使般的笑容”。他像樊露一样痴迷山头茶，这一款，那一款，这棵树上的，那棵树上的，分水岭式的差异，无限接近的滋味，舌尖上轻易不能发现的香型确认，喉头内回味的短促与绵长，诸如此类的毫巅上的小宇宙美学，他为之静夜独坐或在茶树下沉吟。有时，实在难寻堂奥，困在了色、香、味丝丝缕缕组合而成的微型迷宫里，他也会驱车几十公里赶往百花岭去找英华门艺术派茶人邓艳波，两个人不分白天黑夜一款接一款地品咂，鉴赏，得奥妙于万一便喜不自禁，又开着车在茫茫大雾中返回曼西良。在普洱茶界，邓艳波于茶犹如围棋界武宫正树之于棋，倾心于奥秘，立身于局势之玄美，致力于茶品的艺术化。其著作《普洱茶艺术时代》，我为之作序时开篇就说："茶叶是致幻的，但茶文化应该是镇静的"，本意就是向他在"普洱茶艺术创作"几十年过程中所体现出来的艺术家身份致敬。他是我唯一见过的"格物致艺、艺中有道"的普洱茶创作者，其著作和制茶方式以罕见的艺术激情和理性生产规律相匹配，将美学原则优雅地运用到茶叶理论与生产工艺之中，从而将普洱茶的制作流程提升到了艺术创造的高度，使之趋于热爱、时间和空间同构的有着科学精神的脱俗化境，最终达成茶品即艺术品的稀有善果。在多个场合，我曾倡导普洱茶应该进入"呼唤大师和维护大师"的时代，出发点当然是希望有几个理论素养、道德操守和制茶技艺都相对完美的大师级茶人能够被推举出来，作为制作普洱茶的旗帜性人物，以其风范特别是完美的技艺，引领普洱茶行业的技术革命、审美升华和文化平台的质变，促进普洱茶产业的脱胎换骨。由混沌渡向澄明，由杂乱渡向规矩，由斗奇渡向大美，由封闭渡向阔远，由因循守旧渡向固本鼎新，由奇观渡向普世，由唯心渡向至善。在列举的大师级茶人中，我亦屡屡提及彭哲和邓艳波，但这样的倡导尽管如"抚琴动操欲令众山皆响"，实际上反而是群山沉默，甚至还被一些机敏的茶商所利用借以去炒作其茶品。对此，杨文明对我说：“只有到了中午，白雾才会自行散开，阳光才会来到地面上。而且，很多时候，我支持白雾统治着茶山每一个春天的早晨，因其统治，像我和扎老二这样的人，才有机会做一个别人看不见的茶叶的仆人。因为我们并不想把一棵棵来自传说中的天空里的茶树又重新送还给天空。”当我们从寨子外返回他的茶空间，几碗茶水入腹后，他甚至低声告诉我：“什么大师，彭哲也好，邓艳波也好，在我的私心里，我是希望他们一直匿名、匿身于白雾之中。‘松下问童子，言师采药去。只在此山中，云深不知处。’如果他们的法门真的成为一种标准，普洱茶的趣旨也就走到了一种逐渐缩小的尽头……”

白雾升浮在曼西良的上空。杨文明一再告诉我，其实勐宋山最动人心魄的不是云海，而是它的每一个不下雨的完美的夜空。茶树上的月亮，草尖上的星斗，清寂的空气，带着金属感的虫鸣。如果一个人在这样的夜晚陷入冥想，还能听见拉祜人祖先的灵魂又开始了一再重复的迁徙，那灵魂的脚步，像风一样掠过树冠。

一

到吉良大寨时，上午的弧形天幕上只有一朵温润、柔软的云朵，而且稳妥地悬浮在寨子的上空。寨子所在的山岭独立、清迈、寂静，找不到其他寨子与之呼应。那些沿着山岭层层向上升高、同时又被各种林木围绕着的房屋，不像是人力所为，也让人觉得它们不是千年时光的遗产，倒像是云朵里的神灵利用法术，在自己施恩的土地上一夜之间修筑起来作为自己的行宫的，并且当祂们离开这儿，这行宫也将自行消灭，壮丽、出尘、缈远，只会存在于瞬息之间。当然，我们也可以这么认为：我们之所以还能见到这座寨子，原因是在神灵建筑了这座绝无仅有的行宫，一场天上的宴乐结束之后，祂们离开了，却忘记了让它消失的咒语，或大发慈悲，将它赐赠给了侍奉祂们的布朗族仆人。多么令人喜悦，从寨子以外不同的方向和角度眺望寨子，除了顶上的云朵安静不动而外，寨子的天际线、格局和整个人居系统都处于各种立面与色彩和谐的转换之中，纵深感与立体感宛若天生。奇异的是，它的这种多向性，不仅仅体现在通俗、必然的表象上，而且还体现在整体聚落的不同形态瞬间切换的合理性之中，让眺望它的人深感建造者有着将寨子东西南北等各个立面都设计成华美门庭的古老智慧，潜意识地便将其与“神创”联系到了一起。特别是当你发现，不管各个立面与系统的表象如何切换，寨子的中心除了那神秘的寨心柱之外，寨子的所有构筑物似乎都服从于那出自毁于20世纪60年代末期的缅寺废墟的万有引力，你就会认为：神坛被取消了，可神灵一直存在。那寨子顶上的云朵，按照人们梦想中的说法，它就是停在天空中等候神灵的美妙绝伦的一辆玉辇。

二

从吉良大寨到关双大寨，沿途就能平视一峡之隔的、隶属普洱市澜沧县的著名的景迈茶山。12 年前，我从勐海县城搭乘卡车至澜沧县惠民乡，然后又转乘拖拉机上景迈山，坐在颠簸的车厢里肯定已经远眺过我现在身在的吉良与关双，尤其是在我投宿景迈长宝茶厂的那一个礼拜，经常一个人或清晨或星夜坐在山冈上向着四周眺望，吉良与关双所在的山脉显然正是我后来所写的有关景迈山的文字中那些无名之山中的一座。因为行政区划的割裂，再因为景迈山茶文化景观申遗而举世闻名，与其齐肩矗立、同样出产好茶的关双山陷入了它的阴影或成为它辽阔背景的一个组成部分。在普洱茶的文化体系中，景迈山作为“新六大茶山”即江外六大茶山中的一座，也是唯一不隶属于西双版纳茶区的茶山，其布朗族文明与 2.8 万亩旱地梯田式茶园，在几千年时光里所营造出来的文化景观充分诠释的不仅仅只是人与自然“天人合一”式的精神遗产的魅力，更让人惊讶的是这份精神遗产所具有的强烈的绵绵不绝的再生力量。它既能退回叭岩冷时期的神话王国，又能以开放式的文化结构吸纳与消化海浪般涌来的一切精英文明并督促自己的固本鼎新。在其文化源

头上，祖先叭岩冷以神力和英雄之心租山种茶，最先巡游其间的是先于人类早早醒来的万物之神，是不变的神灵世界中瞬息万变的人间悲喜戏剧，是一层覆盖另一层的以存在为永恒命题的客观生活现场；之后，佛陀与婆娑世界渗入，古老图腾、山川草木和人们的内心，所有的空间为之腾让出了一块块宝地；同时，汉文化和傣文化亦以其端庄抑或妖冶的形象到此播种火焰、闪电和雷霆的种子；之后，耶稣与天堂、工业文明与拜物教、极端未来主义与仇古运动等等潮流，无时无刻地没有停止过融入、鲸吞与肢解。但这座宽容、体面、隐忍的源头之山，赖靠清洁、丰饶的神性和母性，在方寸之间入赘式地平息了此起彼伏的世界性难题，烟霞纷飞，青山依旧。以其茶文化为例，景迈山中的布朗人，在其感恩与祈愿的仪典中，他们祭拜叭岩冷，也祭拜孔明，同时还祭拜象征茶神的茶树本身，当然他们有的人还用最优质的茶叶前往缅寺去赕佛，诸神在上，不偏不倚。而诸神似乎也乐于庇护他们，垂示他们以不同的信心、智慧和意志，令他们得以生机勃勃地繁衍生息，即使在乱力怪神、瘟疫肆虐、人祸频生的时期，他们也能心神不乱，在锋刃上活下来。娶布朗女子为妻，长期居住在景迈山上的美国茶人岩柯与我有过多次交流，据他的感受与观察，景迈山上，人们天生具有太初时期的敬畏之心、叭岩冷时期的铮铮铁骨、孔明时期的智慧、乔达摩·悉达多时期的自省与自赎精神，同时还兼具孟高棉文化天然自足的现世情怀和对新生文明孜孜以求的优秀品质。江外六大茶山，勐宋、巴达、南峤默不作声，孤悬中心茶区之外的景迈山却能大步甩开与其毗邻的关双、邦葳等茶山，与作为现代普洱茶摇篮的南糯山和以老班章茶作为标志的布朗山媲美，形成三山鼎立之势，甚至其品牌文化包装远胜于两山，究其原因，除了茶叶品质不输于众名山之外，核心因素就在于景迈山文化底蕴深厚却又能拔地而起地将自己主动呈现在广阔世界的面前，不在意人们是否前来探秘，而是自己站起身来走向人们，让文化的“秘密”尽可能地用去供养世界。岩柯认为：积极申报世界文化遗产、修建飞机场和开办世界一流的体验式宾馆，景迈山的立场与视野值得我们为之“痛痛快快地喝上几杯苞谷酒！”

当然，12 年前的景迈山，与现在的关双茶山比较，它们之间的区别仅依靠想象是很难找出具体的额度与断面来的。由关双、吉良、曼帕和勐昂等 13 个寨子组成的关双茶山，关双村支书岩修说，茶园面积虽然没有景迈山多，但也足以称之为万亩茶山，而且其梯田式的种植方式、生态环境和茶叶品质也与景迈山大同小异。为了证明关双茶的优异，岩修所举的例子是：人们来回两天至三天时间，把关双茶背到缅甸的勐养或者景栋去销售，每一次都是被迅速地抢购一空，那儿的茶客总是说：“喝茶只喝关双茶。”与我同行的茶学专家陈剑锋也认为，关双茶条索较长，香气纯正，杯底留香浓郁而持久，滋味醇和，苦涩少，生津回甘快速绵长，而且极其鲜爽。可谈到价格，景迈山的茶已经几千元一公斤，关双茶最高价却只有极少数达到 600 元一公斤左右，也就是 12 年前景迈山茶叶的价格。12 年时间，群山涌动，如大海上的波涛滚滚而行，关双给人的印象是静止的，就连入山做茶的老茶商，也鲜有人能说出关双究竟在什么地方，更没有人知道在大地南倾的群山之中，关双与景迈是两条平行的山脉。

塌方堵断了道路，一台挖土机在中午的烈日下懒洋洋地清理着山上崩塌下来的土石。我与陈剑锋站在路边的竹林边，谈论着对面的景迈，也为关双的处女地开发寻找着理论依据。其间，也有多部车辆受阻于此，我趋身前去与司机搭话，他们无一例外的全是关双人，只有一个人说他在做茶叶买卖，但价格起不来，量很小。山谷中燠热难耐，无风，挖土机强势卷起的灰尘落满了周围的树叶，为免受其袭击，我们也登车静静地等候，偶尔能见到车窗外有几只从景迈山飞过来的鸟儿，翅膀一闪，不见了。

三

我沉陷在了对关双山世外桃源般生活的无限向往与对关双山滞后于景迈山的无限焦虑的剧烈矛盾中，进退失据。某电视台曾经让一位纪录片导演前来找我，希望我以游历的方式引导摄制组，深入西双版纳雨林中那些消失了的寨子废墟里去，同时让我介绍几座旅游景点之外我认为最有价值的寨子，公开边地文明与我写作之间的密码，我当时婉言谢绝了。理由不外乎就是我不想因为传媒的推介把各色人等引向雨林深处，应许之地与受诅咒过的土地，我均视其为禁区，至少不能让它们变成传媒时代的通俗文化广场。他问：“您笔下那吴哥窟一样的寺庙在哪儿？您写的蟒蛇守护的密林在哪儿？您说的像故宫一样的村庄在哪儿？还有那些岩画、隐修人的小庙、纸厂遗址、埋魂处等等，它们在哪儿？”我笑而不答。此刻，我远远地看着 37 岁的佛爷岩很，在空荡荡的缅寺旁的小屋的屋檐下，生火、做饭、享用，然后开始抄经，乔木花树的花瓣落满了他的四周。因为身有残疾，他一直坐在地上，我的脑海里出现的竟然是一尊残疾的神灵。可以想象，岩很前往庙堂去礼拜、静修、接待赕佛的信众，其身体语言肯定非常艰涩、苦不自禁。亦可以猜测得到，一个身有残疾的佛爷寄身于一座缅寺之中，他的欢喜之门要么变窄了要么辽阔空深……我想，这样的场景，旁边根本不能架设着一台摄像机，更不能用汉语进行讲说，而我上面的想象与猜测已经是犯罪。我可做的，只能是看见，牢记或遗忘。

岩很抄经之时，支书岩修、村主任玉态正领着全村参加“古茶园和生态茶园建设技术管理现场培训会”的百余名学员，在一层薄雾中前往茶树林中祭拜茶王树。他们在一棵几百年树龄的大茶树前栽下涂着红色、黄色和绿色颜料的尖顶木桩，竹编的箩筐里装着各式各样的祭品，领头祭拜的白发老人手中的托盘里装着水酒，用布朗语高声诵吟的祭辞肃穆而又神秘，茶树林中跪拜的人们手中握着的香火在静静地燃烧……岩修说，关双山之所以选择在每年的11月29日祭拜茶王树，而不是在春天采茶之前，目的在于他们更看重收获之后的感恩，而不是收获之前的索求。因为关双山的无名，因为所选时节不受人关注，他们的祭拜其实就是天边外不为人知的一次人与茶树的精神交流，热烈而又寂寥。我参加过南糯山万人祭拜茶树的盛举，也见识过老班章祭拜茶王树后茶王树上采下的茶叶马上几十万元人民币成交的奇观，这种来自心底的祭拜令我动容，为此我自然也容忍不了航拍、现场直播和微信平台的一个个团队疲于奔命于祭拜者肃穆的身影中间。

可是，在古茶园边上的布朗族茶人三结的家中坐下来喝茶时，当他告诉我，他是关双大寨做茶比较优秀的茶人，所做的茶品曾获得过勐海县茶王节的银奖，今年做茶200公斤左右，每公斤200元左右之时，我又忍不住一再地叹息，眼前浮动着的全是佛爷岩很一脸空茫的微笑。

四

马尔克斯的小说《霍乱时期的爱情》中，胡维纳尔·乌尔比诺医生家里养了一只神奇的鹦鹉。他教会了它很多种深奥难懂的语言，还教会它演唱一些欧洲伟大音乐家的作品，使之成为他们城市尤其是贵族阶级团体里的奇迹。但这只鹦鹉带有某种需要胡维纳尔·乌尔比诺医生连本带利必须如数偿还的秘密使命：在医生邀请了包括总统在内的达官贵人前来聆听它的表演时，它漠然视之，一声不吭。而当它从笼子里意外逃到花园里的芒果树上，它不仅一声不吭，而且对医生召唤它回归的哀求置之不理，最终让医生摔死在了抓捕它的楼梯下面。胡维纳尔·乌尔比诺医生是一个在任何生活细节上都要强行挑战命运的人，死于捉鹦鹉，这倒蛮符合命数逻辑的，令人不安的是：这只以语言为砝码的鹦鹉，它到底接受了谁的指派？

魔幻现实主义的众多魅力之中，不提供答案只是一种。所以，在我与邓艳波论及鹦鹉一样逃离笼子的普洱茶中的天价茶品时，没有任何诅咒意味地谈到了这些光芒四射的茶品后面的主人。他们费尽心机和以时间为代价的忍耐，让手中的“鹦鹉”终于悬挂在资本家沙龙的大厅中央，金钱游戏也立刻通过媒体的炒作而变得骇人听闻。可问题马上就来了：如果这金钱游戏果然只是一场拒绝公开真相的游戏，那动辄以几百万上千万买走一筒茶品的主人只是一个影子，或说只是茶品的主人自己，那么这自己虚设的价格高空，谁会为你扶住攀登的楼梯？那只拒绝配合你的“鹦鹉”，它会不会是你用欲望塑造的幻影却又有着现实世界中弑父一般的诱杀之力？邓艳波不关心这种话题的新闻性，他感兴趣的是茶品生成过程中，茶山、茶人、茶树、茶技与茶品收藏及品饮等诸多环节是否反映出了天价茶品的艺术合法性。他不迷信人云亦云的名山茶，他迷信具体的茶人与具体的茶叶之间可能存在的互相唤醒的动人心魄的密码：“毫无疑问，关双茶山现在还处于沉睡之中。我从来不怀疑关双的茶叶会成为精品茶的象征，正如很多现在最优异的茶品未必出自有限的那几座名山，前提是必须有优秀的茶人深入到关双茶山，认真去做能与景迈茶媲美的关双茶！”在他多年的制茶史上，生长在海拔1205—1800米之间和纬度22°左右的优质料茶固然重要，但更重要的是制作者必须充分了解这些原料所含的成分及其变化特征，继而确定制作的工艺，包括配方和发酵等一系列科学手段。关双之茶之所以沉寂，是因为还没有人撩开它的面纱，没有人走进其殿堂。

我准备找一个时间空当，游戏式地分别驾车从关双山出发前往老班章的三垛山和曼迈山，我想自愚式或自娱式地弄清楚，从关双山到三垛山或景迈山有几条路可走，分别是多少公里，将路过多少座过渡性茶山，中间有多少悬崖与沟壑，有多少个寨子、多少条河流，有多少部车辆往来其间……地理坐标上的距离和距离中间产生的各种数据，确实对茶山与茶山之间为什么会形成倒挂的茶叶价格差毫无参考价值，我想这么做，基于自己内心的苍白无力、慌乱和茫然。

当然也基于我的矛盾并找不到解决矛盾的有效办法。

五

男人骑摩托外出，女人上山劳作，冬日中午的吉良大寨里很难见到走动的人影。这种与节日期间歌舞震天的气氛形成强烈反差的空寂，我已经司空见惯，对反复出现的到过某寨却又仿佛根本没有到过的切身体验已然心生倦意，尽管吉良大寨在我的眼里是一座异托邦式的宫殿。悖论适用于每一个寨子：鲜花在山上或者屋前盛开，就为了证明山峰或屋舍还高举着鲜花。吉良大寨里有色彩各异的鲜花开在路边、菜地、屋子的四周和伸入寨子的山丘余脉上，它们的旁边，榕树和竹子一直想去天空做客但始终保持在出发状态。几个孩子穿着运动鞋、休闲裤和T恤，羞怯而活泼，他们的出现，我觉得是头顶上的那一朵云，放下云梯，将他们作为礼物，送给了吉良大寨。他们用布朗语高声嬉笑着，像白鹇鸟一样在我的四周飞来飞去。其中一个10岁左右的女孩，金棕色的脸庞，双眼里镶嵌着闪光的翡翠，右手抱着一棵竹子，左手掠了掠额头上汗水浸湿的刘海，突然用清亮的汉语问我："您是从哪儿来的？来吉良干什么？"没等我回答，人已没入竹林之中。竹林里仍然传来她歌声一样的问话："您是从哪儿来的？来吉良干什么？"声音随着她的离去而逐渐变弱。

空寂不是吉良大寨特有的属性，它正在成为所有村寨的基本属性。空山不见人，但闻人语响。我们面对的现况是不见人，也无人语，山空去的速度比青苔和藤蔓生长的速度更快，也比阳光和月光快，比山峰的影子移动快，比流水和风快，甚至比人离开的速度还快，比墓地上飞过的鸟速快。从关双缅寺出来，岩修领着我穿过同样像吉良一样空寂的关双大寨，爬了半公路左右的山路，兴致勃勃地进入他引以为傲的古茶园。茶树树龄都在几百年以上，像玉皇大帝在此设置的一座养老院：各路神仙尊尊都须毛银白但又神气活现，神通广大，老则老矣，却永远没有生命的尽头。岩修边走边说，1976年农业学大寨，漫山遍野的人，斧光闪烁，把古茶树一一砍倒了种粮食；1988年国家补贴茶农粮食与化肥，改粮地为茶园，并顺势将剩下的一些古茶树实施低改，同样也是漫山遍野的人。人们都去了哪儿呢？岩修可以准确无误地说出关双山上人们的去向，死亡的，留在寨子里的，外出的，新生的，娶进山的，远嫁的，时而露面时而又消失的，生病卧床的，遁入空门的，但他还是忍不住想问："人们都去了哪儿呢？"那漫山遍野都是人的景象铭刻于记忆，或许就是他不时翻找出来对抗空寂的幻象之宝。漫山遍地都是人，斧斤丁丁，"一朝伐尽孝陵松"，用来解决现实问题的策略与方法引出来的是留给后人的更多的问题与遗恨，空寂之后世事逐渐澄明，来无影去无踪的人们反而获得了生存的巨大空间，两者之间的得失他肯定也是清楚的，内心也是偏重于喜悦的。其潜意识的追问，也绝对不是对事无巨细的集体主义时代的缅怀，我更愿意将其理解为岩修对人们没有把全部心思投放在茶园经营上的一种惋惜，同时也夹杂着他对他作为领头人未能将关双茶山推介出去的一份自责。把我换成岩修，我会怎么做？这突然跳出来的念头吓了我一跳。2015年秋天，去黄沙漫漫的巴丹吉林沙漠中央寻访孤绝于世外的只有几户人家的村庄，当时我坐在一户人家的门前，也设想过：如果我一生都生活在这儿，我将怎样在？两个念头都是虚设的自我审判，任何一种回答都可能出卖灵魂。因而，我拒绝跟随岩修的话题，也没有搭理脑袋中跳出来捣鬼的另一个我，在他们刚刚祭拜过的茶王树下站定，先摘了一朵茶花凑在鼻子上闻了闻，又信手折断了茶树上的一根枯枝，这才望着岩修说道："我记得《金刚经》里有两句经文：凡有所相，皆是虚妄。若见诸相非相，即见如来。大概意思是说，我们所看到的和感受到的一切，凡是有形象的，这些都是虚妄不实的相。我们之所以向佛就是要学会透过这些相，看到事物的真如实相。景迈、布朗、易武、冰岛，我们现在所看到的相与我们所看到关双之相，你能说它们是真如实相吗？我倒是觉得透过这些相，关双茶山的人们必须明白的道理只有一个：不求虚妄之相，眼前要做的事情是，不管是古茶园还是生态茶园，自觉杜绝农药化肥，彻底清洁茶山，同时一定要把培护、剪枝、采茶、杀青、揉搓、压饼和包装等每道基础技术无一缺漏地学好学精，韬光养晦，厚积薄发，把希望完美地堆积在未来……"

茶园里静谧、空寂，能听见园外的下山路上传来清晰的脚步声和喘息声，疑似有负重而归的布朗族女子走过。岩修沉默不语，扶着旁边的另一棵茶树静静地抽着纸烟，10秒钟左右就吐着一团烟雾。我本想告诉他，按照我的秉性，我不会轻易地去承担某一座山的命运，而所谓一座山的命运也不是速朽的人所能掌管的。寄生其间的人，唯一能做的事就是敬重它，把被人们赶走的神灵一一请回来，求取它的恩赐，最终葬身于它。但我终究没说，转过身，踏着茶树下待候清除的青草像踏着宫殿里的地毯，径直朝着一棵树冠硕大的香樟树走去。站在那儿，可以鸟瞰关双大寨的缅寺和部分竹楼，亦能将背景中的景迈山收入眼底。我希望能够看见坐在花树下诵经的佛爷岩很，希望竹楼里的人们每天晚上都能梦见他人把生下来的孩子无偿地送给自己：那预兆中巨大的猎获总是在缅寺的晨钟响起时降临。

六

1933 年 12 月云南省立昆华民众教育馆编印出版的《云南边地问题研究》一书，收入了曾担任澜沧县县长的缪尔纬先生的《开发普思沿边计划》一文。文中于“建设方面”一节谈及了茶叶：“沿边农产物，以茶为大宗，年产茶叶在万担以上。惟对于茶树，一听其自生自长，凡施肥、剪枝，及病害虫之检查与除去，无一人注意及之。其勤焉者，亦不过每年刈草一次，并删除杂树而已。制造亦甚苟简，采摘之后，于叶之老、嫩、细、粗，丝毫不加别择。入釜焙数分钟，倾置席上，搓揉者亦数分钟，由是暴于日中，俟其干遂毕乃事。栽培、制造，如此苟且，安得有良好物品，以与人争胜乎？今欲改良，宜设模范茶林（余在五福已经辟地试种），先为改良种子，一切栽培，均为示范。复随时加以督促，种植既精，则所得茶叶，其原料已经优良。其制造也必令改用新法，即用旧法亦必令留心拣选，加工焙制，并设物品陈列所，就制出之茶，分别等地附以说明，借资观摩而示鼓励。有比较斯有竞争，所制之茶，自无劣品矣。”文中所言的“五福”，即 1927 年在今勐海县境内所设的五福县，1934 年正式改名为南峤县，现关双所隶属的勐满镇即 20 世纪 20 年代末期与澜沧毗邻的五福县辖区。

缪尔纬在五福县试种的模范茶林今天已经无法指认，其计划中的“物品陈列所”亦难以考证是否得以落实。引此故纸堆里鲜为人知的民国开发普思沿边计划方案中有关勐满镇关双茶山一带的茶叶生产现状及未来发展的思考性文字，我的内心，波澜起因于这 90 年前的文字观点到了现在仍然有着强烈的现实意义。1913 年筹办的云南省第三师范学校（曲靖一中前身）第一个国文教员缪尔纬，入仕于“穷边”之后即是以科学技术治理边地瘴疠的先行者，也是倡导科学种植与加工制造优良茶品的践行者，其引领茶叶革新风气之功当远胜于南糯山的白孟愚和范和钧，但其身后因为没有“思普茶叶实验场”和“勐海茶厂”这样的实业为支撑，人们的记忆和史料也就理所当然地选择了遗忘与遗漏，其命运，与五福县的关双茶山的命运何其相似。他所说的当时现实中的茶叶栽培与制茶方式与今天已经大有改观，当时的“苟且”荡然无存了，可新的困境与新的苟且仿佛 90 年时光后令人扼腕的一次对过去的复制。作为“模范茶林”起源地，五福或者南峤以双关为代表的茶山的沉寂，如果缪尔纬尚在人世，不知会怎么面对。

山欲与山争胜，人欲与人争胜，茶欲与茶争胜，缪尔纬所示，90 年后，对关双山而言，仍不失为一个新的课题。

一

1938年12月26日，对于云南茶史来说，无疑是一个重要的日子。这一天，由“民国政府经济部”下辖的中国茶业公司与“云南全省经济委员会”合资创建的“云南中国茶叶贸易股份有限公司”正式成立，办公地点设在昆明市威远街208号，董事长为缪云台，经理为郑鹤春。

云南中国茶叶贸易股份有限公司即今云南省茶叶进出口公司的前身。该公司成立之初，本着“开发滇茶，增加资源，改良制法，另辟欧美新市场”的宗旨，在1939年，相继建立了顺宁茶厂（凤庆茶厂前身）、佛海茶厂（勐海茶厂前身）、康藏茶厂（下关茶厂前身）、复兴茶厂（昆明茶厂前身）和宜良茶场（宜良茶厂前身）。1940年，该公司又在昆明正义路中国百货公司内设立了茶叶经营部，在四川宜宾设办事处推销沱茶和红茶，在丽江设营业处经营丽江及康藏的紧茶和饼茶。

“四厂一场三个营业机构”的设置，现在看来，可以说是云南茶业向世界发起的第一次集团性冲锋。

勐海作为当时的“瘴疠之区”，却被选为“思普地区”茶业的象征而设厂制茶，这绝非偶然。1989年11月2日于美国病逝的、享年84岁的原佛海茶厂厂长范和钧（亦名樱）先生，曾有专文介绍建厂情况，其间所列是为事实，当袭列于后。但在袭列该文之前，应当先对范和钧先生做一些简要的介绍，这对今勐海茶业界人士及

● 勐海茶厂

勐海茶厂的职工了解厂史有着非常重要的意义。

范和钧（1905—1989 年），男，汉族，江苏常熟人。1924 年毕业于上海浦东高级中学，获学校公费奖学金资助留学法国，就读于巴黎大学数学系。1928 年因公费断绝开始在法勤工俭学，1930 年秋返回上海，任法国驻沪商务处翻译。后经人介绍入上海商品检验局任茶师。1936 年在上海参加中国茶叶公司的筹组工作，任首任技师。抗日战争爆发后，1937 年 7 月随公司迁汉口，旋赴江、浙、赣和两湖茶区考察研究，与吴觉农合著《中国茶业问题》一书。1938 年负责创办湖北恩施实验茶厂，采用机制红茶成功。1939 年由中茶公司调往云南，创佛海实验茶厂，推广机械制茶。1941 年茶厂投产。1942 年因日军逼近，奉命停产调回昆明。1943 年赴重庆任复旦大学茶叶系教授。1945 年离校自办茶厂，后赴台湾任茶叶技师及中坜情制茶厂和三义粗茶厂厂长。1979 年退休定居美国。1985 年曾应中国民进中央委员会之邀，先后在北京、昆明、南京和上海等地参观访问。1989 年 11 月 2 日病逝于美国。

创办佛海茶厂的回忆（节选）

范和钧

一、中茶公司的成立与恩施茶厂的开办

1936 年夏，南京举办全国手工艺展览会，上海商品检验局承办中国茶叶特展。展室悬挂两幅世界产茶国的巨型图表，触目惊心地显示出，近百年来世界产茶国家茶叶产量直线上升，与我国茶叶出口数量逐年下降，形成了强烈的对照。观众莫不痛感国茶生产的危机，势非急起直追不可。

1937年春，中央经济部周贻长次长，在沪召开中国茶叶公司筹备会议，我有幸应邀出席。会议决定由皖、赣、湘、浙、闽产茶省份，每省各出资20万元，由中央经济部及各大私营厂商集资200万元，成立中国茶叶总公司，由经济部商业司司长寿景传任总经理。讵料是年7月，抗日战争爆发，东南各省茶叶产销相继停顿，中茶公司分公司迁往汉口，并在湖北恩施筹办恩施实验茶厂。由我负责设计创制各种制茶机械，采用大规模生产方式机制红茶，替代老法落后的手工操作，产品悉数运销重庆，畅销后方，成绩显著。由于采用科学机械制茶，既提高了茶叶品质，且为发展国茶外销开辟了光明的前景，并为今后国内各地办厂提供了样板。

二、云南中茶公司的设立与佛海茶厂的筹建

但是，要在佛海办厂，并非易事，必须进行艰苦的斗争。因为佛海地区一向被视为“瘴疠之乡”，人烟稀少，但每年死于恶性疟疾者却为数甚多，人们视为畏途。当地居民刀耕火种，生产原始，生活简单贫苦，社会环境、商业条件还很落后。以货易货是当时当地的主要贸易方式，还有日中为市的古风，纸币却不易通行，成为贸易的重大障碍。该地气候全年分干湿两季，湿季淫雨不绝，为制茶季节；干季为茶叶包装运销季节。

（一）建厂人员资金物资的筹备

1939年冬，我和张石城先生带着考察资料及样茶取道思普返回昆明，将调查结果报告中茶公司董事会。滇方代表缪云台董事长在私宅设宴，席间研究了佛海的自然、社会条件及产茶的情况与前景，做出创办佛海实验茶厂的决定，委托我担任厂长，茶厂开办费定为5万元。另筹资金50万元，成立佛海服务社，茶厂所需营运资金悉数由服务社提供，不另投资。云南省政府为在佛海地区推行使用法币，委任华侨梁宇皋先生为佛海县县长，协助我们开展厂务。

1940年春，正式开始建厂。我首先飞往重庆，请求中茶总公司调用原恩施茶厂初制茶工25人、江西精制茶工20人。另请滇茶公司支援云南茶叶技术人员训练所见习学员20人，同时由宜良茶厂般保良技师在宜良雇佣竹篾工5人，由般保良带队。茶厂首批职工90余名工人，由宜良搭车到玉溪，然后雇佣马帮经峨山、元江、墨江、普洱、思茅、车里等地，长途跋涉月余，安全到达佛海。

重庆事毕，我即前往上海，聘请了电气工程师、医生及铁工等五六人；为茶厂采购了各种机器设备、医药器材、防疟药品；又为佛海服务社向“中国百货公司”采购了傣族妇女喜爱的大毛巾、纱头巾、毛巾毯、热水瓶、儿童玩具等日用百货，用木箱包装海运至曼谷，委托当地侨商蚁美厚先生运往缅甸景栋转到佛海。

我从上海返滇途中先抵曼谷，和旅泰侨商蚁美厚先生接洽，采购了部分制茶机器，其中所购的拣梗机，在我国尚属首次进口。随后我又前往仰光，为茶厂采购水泥、钢筋等建厂须用的建筑材料，后才离开仰光搭车赴景栋，由旱路返抵佛海。

（二）自力更生，兴建厂房

经过我们一年余的艰苦筹备，人员、资金、机器、物资各个方面有了基础，才为建厂准备了比较成熟的条件。紧接下来的任务便是选择厂址和兴建厂房。按当时的情况，佛海的土地还没有所有权归谁所有的问题，谁要使用土地，只要向当地土司提出申请，得到头人的同意，即可占用。森林木材也是无主之物，自由伐用。只有毛竹是当地居民种植的作物，不得侵占，须通过购买或易货才能获得。

我们选择的厂址在佛海市集中心附近，是一块八十余亩的荒地，后有丛林小溪，前有市场大道，交通甚为方便。就地取材和自力更生是我们兴建厂房的两条基本原则。厂址既定，我们就派出伐木工人到附近深山砍伐木料，就地锯制成材，大批毛竹购自当地居民，为建盖厂房宿舍备用。同时，部分木工赶制桌椅床屉等生活用具及各种生产工具。

这时厂里还雇佣民工在厂后的稻田里挖泥刨土，制成土砖及土壤烧成的红砖二十余万块，在厂房周围筑起了一堵九尺高的围墙。厂内职工自力更生，同甘共苦，与民工一起，日夜兴工，砌砖垒墙，架梁盖顶。厂房、宿舍一幢一幢地矗立起来，从根本上改变了昔日荒原的本来面貌。

（三）建厂两年

创业是艰难的。厂房建成了，制茶机器运转了，当第一批茶叶生产出来的时候，全厂职工心情激动，满怀喜悦。两年来，我们一边建厂，一边发展滇茶生产，开展滇茶外销，繁荣了当地的经济，改善了边民的生活。我们的贡献虽然微薄，但精神上却得到了很大的安慰。事情都不会是一帆风顺的，困难与成果往往是共生的，克服的困难越大，收获的成果越巨。我厂在发展茶叶生产、扶助茶农茶工、维护国家经济利益的过程中，曾经解决过不少困难问题，略举数例如下：

1. 发展紧茶生产，扶持茶农茶工

佛海是藏销紧茶的重要产地。紧茶是藏族同胞一日不可缺少的生活必需品，销藏紧茶每年为数可观。紧茶制作并不复杂，每年冬季将平时收购积存的干青毛茶取出，开灶蒸压后，装入布袋，挤压成心形，然后放置于屋角阴冷处约40天后，布袋发微热40℃左右，袋内茶叶则已发酵完毕。解开布袋，取出紧茶，再外包棉纸，即可包装定型，等季节性马帮到来，便可装驮起运。先到缅甸景栋、岗巴，转火车到仰光，搭轮船到印度加尔各答，转运到西藏边境成交。

由于茶农茶工本小力微，往往被当地士绅操纵，从中备受剥削，生计困难，生产的积极性受到束缚。我佛海茶厂为了扩大紧茶生产，扶助茶农茶工自产自销，凡自愿经营紧茶业务的，皆可由我厂出面担保，向当地富滇银行贷款，制成紧茶后，交由我厂验收，合格者由我厂统一运销，售出后所得的茶款，减除各项费用及开支后，余数全归生产者所有。因此，大大地增加了茶农茶工的收入，改善了边民的生活，提高了生产积极性，从而发展了紧茶的生产。

2. 与印度力争豁免紧茶的进口税和边境税

太平洋战争发生以前，印缅本来同属英国殖民统治，印缅两地货物进出均作为在一国国内的运输处理，素来免税。但印缅分治后，紧茶由缅甸仰光运到印度加尔各答登陆，要上进口税和边境税，印度海关人员认为茶叶乃印度特产，进口税很高，转口税也不轻。此次紧茶到达印度，突然要交纳进口税和过境税，佛海厂商毫无思想准备，茫然不知所措。我厂以事关紧茶外销，并危及厂商和茶农茶工的切身利益（为由），立即向滇茶公司提出申请，由缪云台董事长商请中国银行外汇业务专员蒋锡瓒先生赶赴加尔各答，委托中国驻印领事黄朝琴先生一再向印海关交涉，据理力争：紧茶是专销藏族同胞的，并不进入印度市场，而且印度并不生产紧茶，紧茶与印茶毫不存在竞争销路问题。最后设法让印英海关人员到仓库中验看紧茶品质，印方人员方知紧茶系用粗老之茶叶压制而成，专为藏族同胞所饮用，并不影响印度的经济利益，这才同意仍按过去惯例免税放行。由于我厂的及时行动，使国家和厂商与茶农茶工免遭经济损失。

3. 解决佛海外销茶结汇问题，使产销得以顺利进行

1941年冬，中央政府外汇政策规定：一切外销茶叶所得外汇，必须结汇给“中央政府财政部”，关于佛海外销茶结汇问题，由滇中茶公司会同佛海茶厂办理。中茶总公司乃令滇中茶公司通令佛海茶厂承办，海关则严格取缔外销茶私运出境。

佛海虽属边城，驻有海关人员，但佛海并非茶叶成交之地。茶叶必须外运，经过滇边打洛关出境后，通过缅印两地运到西藏边境才能成交，才能获得外汇，事实上不可能在佛海结算外汇，佛海根本没有外汇来源。经我厂与海关人员多次协商，采取两全的办法，即茶叶出口时，许可用书面具结运输，先行出口，然后再结算外汇。海关及当地厂商都认为此法可行，并由海关方面通令执行。由于结汇问题得到圆满解决，外销茶叶才能得到贷款，这才保证了茶厂的产销得以顺利进行。

三、坚持建厂，悲痛撤退

太平洋战争发生后，1941年日本侵略魔爪伸向南洋，战火迫近缅泰。佛海地区遭受日机轰炸扫射，人心惶惶，动荡不安，昆明中茶公司电令茶厂职工全部撤退至昆明。这时我厂建厂任务正进入全面完成的最后阶段，全厂职工接到撤退的电令，莫不心情沉重，不

由激起了我们心头的怒火，我们绝不甘心，我们一定要在撤退之前，把我厂全部建成，以表达我们对日本侵略者绝不屈服的决心。全厂动员，上下一心，加班加点，赶装发电机器。一周后，机房供电，全厂灯火通明，显示我们终于完成了建厂的历史任务。同时，机声隆隆奏出了我们撤离前的悲痛心情。翌日，全厂职工将刚刚安好的机械和一切原有的设备，一一拆卸装箱驮运到思茅，主要机器沿途寄存民间保管。全厂员工除本地人员留守护厂外,其余人员全部撤离。临别之际，大家欲哭无泪，欲语无言。回想当初，大家本着抗战到底的决心，离乡背井，辗转流徙，来此瘴疠之乡，穷年累月，为滇茶事业流血挥汗，一旦撤离，怎不令人心碎？每念及此，心潮起伏，不禁使我夜夜不能寐。

值得欣慰的是 1949 年春雷一声，全国获得解放，佛海茶厂获得新生与重建。西双版纳恶疟几乎绝迹，成为国内外观光旅游的胜地，佛海生产的红碎茶已在国际市场赢得崇高的声誉。侨居海外的我，十分兴奋，衷心祝愿祖国茶叶生产日新月异，蒸蒸日上，前途无量！

此文完成的时间，当在 1979 年范和钧先生退休移居美国之后，也就是说，是范先生在 74 至 84 岁这一年龄段写下的。或许是因年事较高之故，其间茶厂的建厂与生产情况交代得不是特别清楚。1944 年之后茶厂恢复生产这一情节，也无记录，至于抗日战争胜利后又告停业之因，更是无从稽考。据我手中掌握的资料记载：1941 年，佛海实验茶厂即已开始生产红茶、绿茶及紧茶圆茶，并创制了一批以嫩芽为原料的白茶，此茶形直如针，冲泡后茶芽直立水中，颇受消费者欢迎。据 1938 年就从昆明到勐海的、现年 86 岁的张存老人回忆，当时的佛海茶厂生产红茶、炒青、沱茶，甚至还生产过龙井茶。对生产普洱茶的场景，张存老人更是记忆犹新：用一个刻着“普洱茶”字样的木模，填进茶叶，然后用甑子蒸，热蒸后，“普洱茶”字样就印在了茶上……

对于建厂之初，所有佛海茶厂职工由昆明至勐海那一为时长达月余的大迁徙，由于范和钧先生取道重庆、上海、仰光，然后再辗转至勐海，未曾随队，所以言语简洁，可在张存老人的回忆中，那是一次艰苦的“大进军”。

范和钧先生称，当时职工 90 余人，可张存老人认为是百余人，且随行的不仅有富滇银行的职员，还有一个姓袁的连长率领的一个连的士兵护送。按张存老人所说，至景洪时正逢傣族人过傣历年（4 月 15 日）推算，这支有马匹百余的“马帮”队伍，出发的时间应是 3 月中上旬。他们带着制茶的诸多器械、行李用具，富滇银行的职员则带着“红红的、印着孙中山先生头像的滇票”，在袁连长队伍的护送下，先是坐着“一种烧煤的车”到玉溪，在玉溪住了一个星期，原因是“等范厂长”，同时是为了在玉溪雇佣马帮。从玉溪出发，第一天夜歇浑水塘，第二天夜歇新平，第三天歇甘庄坝，第四天到墨江，然后至普洱（今宁洱）、思茅、普文、车里（今景洪）……其间曾在墨江滞留了 4 天，在普洱滞留了 2 天，在车里则因过傣历年，也滞留了 3 天，到达勐海，足足走了 1 个月零 5 天。

去勐海，一群由内地人组成的制茶队伍，用双脚丈量着大山大水的云南高原，而且目的地是瘴疟之区。就算马帮也只能视季节而深入的边地，横穿的地方又匪患连连，我不知他们中是否有人想过逃离，是否有人哭过。唯一健在的张存老人又因少年时代父母双亡

● 勐海茶厂产品陈列室

而饱尝了人世的艰辛，所以对此次旅行只以“艰苦”二字来概括，可他们中的湖北人、江西人又该有怎样的体会和感受呢？我不得而知。

尽管佛海茶厂的历史如白驹过隙，可这次茶叶专业技术人员向勐海的大迁徙，揭开了勐海机械化产茶的序幕。加之随后这批人在勐海所搞的科技推广、紧茶收购加工（据刘献廷先生《佛海茶庄发展史略》一文称：1940 年，佛海茶叶试验厂，抛出大量资金高价购买已加工紧茶，原来在佛海，紧茶售价每担 20 至 25 元，今出价每担 30 元……年产紧茶 3.5 万余担，圆茶 7000 余担，创佛海最高年产量）、机械化生产以及茶叶知识的传播，为之后的勐海茶业及勐海茶厂的重建与崛起，打下了坚实的基础。

在此需要补充的是，1944 年，佛海实验茶厂一度恢复生产，当时范和钧已任复旦大学茶叶系教授，其厂为谁主政，不得而知。《云南茶叶进出口公司志》第 33 页也只记载：“恢复生产红茶 43 担，收购当地私商紧茶 3268 驮。”

二

在为现勐海茶厂寻找“前身”的时候，一个叫白孟愚的人是和范和钧一样重要的人物，他是不能遗漏的。从历史学的角度看，白孟愚较于范和钧，对勐海茶业的贡献甚至更大。

据《勐海县志》载：白孟愚（1893—1965 年），回族，云南个旧沙甸人，笃信伊斯兰教，曾两次到麦加朝觐。少时就读于云南省政法学校，后曾在故乡创办教育。1932 年，他被当时的云南省政府派到思茅、普洱一带办理盐务和税务，在此期间，他深感大力发展边疆少数民族地区生产的必要。1935 年，他到西双版纳地区考察茶、矿、农等情况，看到该地大片荒山平坝土质肥沃，水源充足，物产丰富，更加坚定了开发边地的志向。1936—1937 年两年间，他先后到广东、湖南、湖北、江西、上海、北京等 22 个省市考察，并前往日本学习茶叶及农作物栽培技术。回国后，他上书当时的云南省政府，力陈国富民强之策。1938 年，云南省财政厅采纳了他的建议，筹建“思普区茶业试验场”，且于现今勐海境内分设了第一、第二分场，采选国内优良茶种试种，采取梯台栽种，实行科学采摘和管理。1940 年，佛海总场成立，他任场长。

白孟愚在南糯山茶园中心区建立制茶厂，从印度引进制茶机，从沪杭选聘 10 余名高级制茶技师，改变了传统的制茶方式，制出的红茶和绿茶质优价廉，供不应求。他是云南茶叶史上的“红茶第一人”，当地老百姓称其为“孔明老爹在世”。

与范和钧高价购买紧茶帮助当地茶农茶工致富不同，白孟愚供给茶农茶种，鼓励当地人以种茶的方式带动农村经济的发展，并在垦殖过程中，大力传播先进的种植技术。为大力发展生产，他还动员沙甸回族乡亲，先后迁移 200 余人到勐海；在推广新技术方面，勐海人第一次用上了个轮蝶耙、中耕机和印度式犁等农耕工具，也第一次住进了砖房。同时，为全方位带动勐海地区的经济发展，他还建起了樟脑培植场和志安纺织厂……

在白孟愚的苦心经营下，南糯山茶厂达到了年产 2000 担机制茶的水平，南糯山种茶达到了 10 万株。昔日的边地，还建起了球场、职工医院、娱乐场所等等。

在原佛海实验茶厂职工张存老人的记忆中，当范和钧的制茶队伍浩浩荡荡开进勐海的时候，白孟愚的南糯山茶厂早已开始生产成品茶。两个茶厂尽管后来都成为组建勐海茶厂的原始基础，可在当时，却分别代表地方政府和中央政府。张存说，两个茶厂先后建起，为了争夺市场，两厂之间甚至发生了冲突，而结局是，范和钧假驻勐海部队之手，挤走了白孟愚（笔者注：驻勐海部队的师长是范和钧的老同学）。这一没有史料记载的个案，在张存老人的记忆中，却显得无比鲜活："在李师长的帮助下，白厂长被挤走，远走缅甸，南糯山茶厂就归佛海实验茶厂了。他们的机械有揉茶机、烘茶机、切茶机和分筛机，都是从英国（印度）进口的。好在我们有一个技师是广东人，懂这些机械，于是我们就上了南糯山。当时我搞的是收鲜叶，南糯山 9 个僾尼人寨子都产鲜叶，一天可收七八千斤，最多时可收一万斤。与我配合记账的人，还是个女同志，姓左，她经常算账到深夜。"

张存老人的回忆，根据《勐海县志》所载，白孟愚先生于 1948 年 11 月卸任"出国侨居缅甸"的事实来看，显然有值得商榷之处。86 岁的老茶人的记忆，是否将 1952 年重返勐海上南糯之事，提前到了 20 世纪 40 年代初？但不管怎么说，它还是让我们明白了这样一个事实：佛海茶厂与南糯山茶厂归并的时候，张存老人是见证人。

在白孟愚所建的南糯山茶厂的背后，是一座秀美的山峰，竹木掩映，苍翠欲滴。带有法式风格的厂房，在树、风、溪声和鸟鸣之间，60 余年的岁月仿佛寂灭了，又仿佛还凝集在一株株仍保留完好的栽培型大茶树上，它同样在 2000 年 4 月春天的光照下，像一张张鲜叶，泛动着迷人的光芒。

现在的南糯山属勐海县格朗和乡所辖，“格朗和”一词系僾尼语，意即“得吃得穿，日子好过”。据勐海广播电视局原局长段金华先生称，僾尼人因信奉多神，故易散，大凡寨子大了，都要分开，所以每寨都有“新、旧”“大、小”之分。比如南糯山茶厂背后的山峰之上，那接着云端的地方，有一个美丽的村子，它的名字就叫“大石头寨”（石头老寨）。

曾担任过勐海茶厂南糯山分厂厂长的杨开当先生，就出生在大石头寨。他是僾尼人，现已退休。在他的回忆中，到处都浮动着白孟愚的影子，在他的叙述中，白孟愚更像是一个传说。现将其有关白孟愚与南糯山的叙述整理如下。

杨开当先生回忆录

白孟愚是 1938 年来到南糯山的。

据爷爷讲，白孟愚第一次来的时候，还带着地质专家和建筑师。他们选了很多地方，最终还是选择了南糯山。

我的爷爷是石头老寨的总叭（大管事），所以，很多事情，白孟愚都需要我爷爷帮忙，比如建筑用工、建材取用等等。由于白孟愚常来找我爷爷，且他又是一个忠诚的伊斯兰教信徒，生活很不方便，为此，我们家还特意为他准备了一整套的餐桌、椅子及饮用工具。

南糯山茶厂的机器全部从加尔各答运来。先是海运到仰光，然后又运到缅甸景栋。从景栋运到南糯山，全用牛车拉，一辆牛车 3

头牛，还得配15个左右的精壮汉子，他们有的拿着斧子，有的拿着锯子，逢山开路，见树砍树，见沟填沟，往往一天时间只能走一公里左右的路程。从景栋到南糯山，足足走了半年多。10架牛车拉机器，能拆散的都拆散了，只有揉茶机的底盘拆不开，运到南糯山时，寨子里的10多个人去搬，根本搬不动，太重了。为了应对机械设备在生产过程中的耗损，他们还运来了一台机床，配有一个叫“大老黄”的技术师，他的任务就是制作零部件，因为当时的南糯山，连钉子和螺丝都找不到。

南糯山茶厂是1941年正式投产的，主要是做碎红茶，专销英国伦敦。制作碎红茶，要求茶叶不仅要嫩，而且要鲜，不能让太阳晒。采茶时，箩筐里一律要用芭蕉叶垫着，装满了，也不能用手压。当时的茶树不修剪，都是些大茶树，人必须爬上去才能采摘，而这种时候，茶树底下都要铺一层芭蕉叶。

白孟愚是当时的省政府派来的，而范和钧则代表当时的中央政府，他们之间竞争很激烈，都是为了争夺原料市场。其实，当时的佛海茶厂产茶还没有南糯山茶厂产得多。他们两个人的到来，把一些私茶老板都挤垮了，没垮的也只能算是苟延残喘。白孟愚的实力非常雄厚，除了在南糯山办了两个茶厂外，在勐遮还办了个农场，在曼真还办了纺纱厂，在勐海还办了个盐厂。每到收春茶的时候，他就把村村寨寨的头人全召集起来开会，一人发一床毛毯，然后打招呼，春茶必须全部交售给他。

白孟愚平时都住在曼真，但他经常来南糯山。骑马，留着山羊胡须，穿对襟衣服，瘦高个，四十岁左右的样子。但是，非常奇怪，每次来南糯山，他都是夜间来，前面一个人牵马，背后跟着两个保镖。

在南糯山，不管是去做客，还是走哪儿，都有人提着大汽灯给他照明，大汽灯的光，白晃晃的。

南糯山茶厂的工人都配有枪，所以土匪都不敢来抢劫。另外，白孟愚还配有发报机。他的消息非常灵通。不过，白孟愚是个性格非常温和的人，很有修养，从来都不见他打人或者骂人。有一次，他的一个工人去乱砍树，与树的主人发生了冲突。当时，由于我的爷爷病在床上，没能及时化解。结果，砍树的人反倒把我爱人的叔叔抓了起来，导致南糯山的村民把茶厂围了个水泄不通。白孟愚知道这事后，马上通知放人，还到寨子里来道歉，同时当即赶走了那个砍树的人，从而使这件事没酿成大的事端。

白孟愚离开南糯山的时间大约是 1948 年，当时我已经 12 岁了。他离开时，把茶厂移交给了当时的思茅专区的专员，他们两人都在，我还跑去看了他们。离开勐海后，白孟愚先是到缅甸，后又到了老挝的拉布拉巴，后来又听说他去了泰国。他最想去的是阿拉伯。1960 年初，他又曾想回国，可最终他既没去阿拉伯，也没回国，而是于 1965 年病死在异国他乡。

白孟愚离开南糯山后，茶厂一度荒废了。由于他进的机械都是黄铜做的，有的条子还被附近的一些老百姓偷出来，当作黄金卖。

1953 年，南糯山茶厂恢复重建，二厂的厂长是一个南下干部，名叫赵继南，后调一厂任厂长，二厂厂长由张泉担任。

1954 年 8 月，一厂移交中茶公司，由勐海茶厂管理；二厂则继续由省茶科所管，直到去年，才又由勐海茶厂管理。

在杨开当先生的回忆中，白孟愚的工人都配枪。对此，《勐海县志》

则是这样记载的：“他（白孟愚）还组织厂游击队，配合国民党第六军九十三师防守边境。厂队常埋伏丛林中，注视日军。日军每来侵扰试探，均被击退。”

据诸多资料及当事人的回忆，我们也就可以得出这样的结论：如果说范和钧构建起来的是勐海茶厂的骨架，那白孟愚则为勐海茶厂做出了大量的人文准备，而他率先在云南，特别是在勐海生产碎红茶，为勐海茶厂之后生产“滇红”广开制茶门路打下了良好的基础，并在民间做好了充分的技术性准备。最令人振奋的是，无论是佛海实验茶厂，还是南糯山茶厂，它们起点之高，敬业精神之坚韧，经营目标之远大，现代化作业的科技含量之高，道德义务之强烈，在20世纪40年代的中国茶叶界，都可视作典范。

三

香港著名美食家、茶博士蔡澜，1995年曾在《壹周刊》上发表过一篇文章，名叫《普洱颂》。该文在阐述了香港人爱喝普洱茶的缘由之后，笔锋一转，如此写道：“普洱茶已成为香港的文化，爱喝茶的人，到了欧美，数日不接触普洱茶，浑身不舒服。我每次出门，必备普洱。吃完来一杯，什么鬼佬垃圾餐都能接受。移民到国外的人，怀念起香港，普洱好像是他们的亲人，家中没有茶叶的话，定跑到唐人埠去喝上两杯……”由此可见，在香港，阮福所述“普洱茶名遍天下。味最酽，京师尤重之”应当改为“港人尤重之”了。中国农科院茶叶研究所专家、中华茶文化研究中心原董事长、现居香港的陈文怀先生所著《港台茶事》一书载："香港每年要销五六千吨普洱茶，平均每人每年差不多要喝1公斤，像蔡氏（蔡澜）这样的'茶博士'，每年没有上10公斤是过不了年的。"

《港台茶事》一书共出版了两次，第一次是1997年8月，书的"自序"写于1997年春。在序文中，陈文怀先生说，该书写成于1985年之后。也就是说，"香港每年要销五六千吨普洱茶"就是最近几十年这一时间段。

五六千吨，这不是小数目。勐海县1998年产茶6909吨，如果全制成普洱茶，也只够香港之用。

香港不产茶，却是中国的一个品茶之都。香港街头，入目多"茶"字，茶行、茶庄、茶楼、茶室、茶寮、茶座、茶餐厅、凉茶铺，比比皆是。能有这般茶文化气象，显然也非一日之功，没有百年时间的造化是难以如此的。邓时海先生曾说，现在要寻普洱茶的陈年极品，非香港老茶铺不得。

陈年普洱存香港，再加之今日香港普洱茶之盛，我之叙述，目的在于"牵强附会"地引出1951年重建勐海茶厂的必要性。特别是针对"海外"市场，勐海茶厂作为"普洱茶"的象征，亦作为云南茶都的品牌之一，自1943年正式停业后，其重建工作，到了解放初期，已成为云南茶业界的一件大事。也正是因为这样，一个叫唐庆阳的人，与勐海茶厂结下了半生时光的生死缘。

唐庆阳（1916—1994年），男，汉族，江苏南京人，金陵大学经济系肄业。1938年入滇，前往凤庆创办茶厂，是凤庆茶厂的创始人之一。1951年7月，受中国茶叶公司云南省公司派遣，到蒙自、元江、墨江、普洱、易武、车里、佛海、南峤等茶区进行深入考察，并做恢复勐海茶厂的前期准备工作。对勐海，唐庆阳情有独钟。作为一个迷茶、爱茶并决心把自己的一生献给中国茶业的有识之士，当他面对着勐海得天独厚的产茶自然条件和悠久的产茶历史时，他的心在激荡，眼前浮现的是勐海未来茶业的锦绣蓝图。如此产茶圣地，又怎么能空付给荒芜？普洱茶名满天下，又怎么能让其泉眼自塞？

据解放初期勐海茶叶调查组相关资料显示，尽管自 1943 年之后勐海茶业落入低潮，可到 1950 年前后，勐海县内各乡（镇）、各村寨都还或多或少地拥有茶园，总面积达 8 万亩，仍位居云南各产茶县排行榜榜首。在各乡（镇）中，勐海乡茶园面积约 3 万亩，产茶叶 8000 担左右；勐宋乡茶园面积约 2.5 万亩，产茶 6000 担；南糯山所在地的格朗和乡有茶园约 2 万亩，产茶约 5000 担。余下的勐遮、勐满、勐混、勐阿、布朗山、西定、巴达、勐岗、勐往、打洛等地，茶园均在 1500 亩以上。

令唐庆阳更加激动的是，勐海不仅处处茶园，且制茶历史悠久，不仅是普洱茶的一个重要源头，还是云南红茶的最初产地。无论民间，还是茶庄茶厂，都有着令人迷醉的制茶基础。于是，通过两个月左右风餐露宿的艰辛考察，在当地政府的大力支持下，1951 年 9 月 28 日，勐海茶厂在唐庆阳的支持下，向省茶叶公司呈报了《关于着手清点佛海茶厂财产及拟订复厂计划的报告》。1951 年 11 月 14 日，中国茶叶公司云南分公司以云业〔51〕1741 号文批准佛海茶厂恢复生产。

在普洱茶的历史上，1951 年 11 月 14 日，无疑是一个重要的日子。回顾普洱茶千百年的风雨历史，在诸多典籍文献中，尽管我们可以一次次迷失于普洱茶的陈香之中，可我们始终无法找到更多的普洱茶实物例证。现存的诸如“绿印普洱”“黄印普洱”“文革砖茶”“普洱砖茶”等极品普洱茶，无不是在此日子之后生产的。当然，无论“绿印”，还是“黄印”，都曾在1940年范和钧主持佛海茶厂时生产过。

历史的传承，无疑让勐海茶厂得以在一个较高的起点上重新起步。但是，由于经年累月的荒废，正如杨开当老人所言，茶厂机械因是黄铜所做，被四周村民盗作黄金贩卖，茶厂要想在短时间内恢复生产，实属不易。所以在20世纪50年代初期，勐海茶厂的主要工作就是恢复、扶持茶农垦复茶园，发展生产，宣传国家的茶叶政策和工商政策。在制茶方面，勐海茶厂除了与私人茶庄合作生产数量有限的成品茶外，侧重点还是在整个西双版纳范围内收购并向外调运毛茶。直至1953年3月西双版纳自治州成立，改属自治州政府管辖并改名为“西双版纳制茶厂”，茶厂仍然很少制作成品茶。因此也才有下关茶厂制“圆茶铁饼”乃是由勐海茶厂提供原料这一例案。

关于这一时期勐海茶厂的境况，我曾对徐家耀、胡杰、项朝福、陈蒸、张文仲、杨学仕、马图书、张存、曹振兴、宋晓安、杨开当、孙德明和姚鑑清等老一代勐海茶人做过较为详尽的访谈。但总的来说，在1954年勐海茶厂逐渐转入成品茶生产之前，也就是在南糯山制茶厂划归勐海茶厂之前，勐海茶厂全部职工只有100人左右，且大部分是由凤庆和下关等茶厂调入。在制茶机械方面，只有一台云南机器厂改装的滚筒圆筛机、一台印度制造的拣梗机和一台陈旧不堪的车床。据老茶人们回忆，当时职工们都挤在数十间低矮、狭窄的竹木土屋里做茶，茶叶加工又由机械化生产恢复到手工生产。手工制茶的器械，如李拂一先生所述，多为铁锅和布袋，与民间制茶差异不大。特别是生产紧压茶，铁锅下是熊熊烈火，锅内是滚沸的开水，蒸气和烟雾总是把生产车间渲染成一个热腾腾的海洋，茶工们在此环境中作业，差不多都变成了赤膊上阵的“水手”。压茶工序，当时仍使用杠杆式压茶板凳，茶工们在劳作中跳上跳下，每天重复达万次，劳动强度非常大。据《勐海文史资料》载，当时，勐海茶厂生产精加工茶叶千担。或许正是因为当时的条件限制及手工制作，那一批茶叶现在成了普洱茶中难以寻觅的精品。特别是在人们热衷于把生茶制成用干仓存放的普洱茶并称之为“茶中之茶”的当下，无数的普洱茶拥趸更加有理由怀念那“做新茶卖旧茶”的制茶时代，其“陈性循环”因制茶方式的“落后”，亦因运输的艰难而赋予普洱茶特别的品质。而这种品质已非当今机械化生产所能达到的了。而个中最让品茗大师们失落的是现在的机械化生产，把生茶变成了熟茶，“熟普洱”一出厂就可冲泡，已经完全失去普洱茶强劲的生命力了。因为在品茗大师们的眼中，生茶制成的普洱，即使存放百年都可以泡出茶山的新鲜空气，亦可泡出春天的第一缕茶香，更可充分地品味到普洱茶越陈越香的真实味道，而熟，一切都就跟着“俗”了。所以，当有人在为勐海茶厂20世纪50年代初的产茶工艺“落后”而扼腕之时，亦有茶中君子为之叫好。

昆明茶灵庄庄主杨金先生痴迷普洱茶，几乎到了痴狂的地步。三层楼房皆以茶艺为魂，所有饰物点缀皆茶，所有文墨画品皆茶。茶器、茶具布满了杨先生庭院的每一个角落，他甚至自己以生茶制普洱，有关制作工序、时间把握等全用私人制茶时代的工艺和经验。说起普洱茶，杨先生总是会一次次地迷失自己。近年来，杨金背负茶具，走遍了云南高原，无论老茶山，还是新茶园，都曾留下他煮茶品茗的身影。在种种有关普洱茶的言语喧嚣中，他最终选择了勐海。他认为现今的普洱茶，只有勐海茶厂所产，才存有普洱茶的千年遗风。

言语可以惑众，茶本身的质地却骗不了饮者，杨金因此也成了勐海茶厂最忠诚的消费者和宣传者。为了发扬光大真正的普洱茶，他甚至愿意不取分文，将自己的茶灵庄作为勐海茶厂在昆明的“集散地”。他品遍了所有普洱茶，他有理由这么做。

据此，我们也就可以这么说：在勐海茶厂的历史上，因为有了20 世纪 50 年代初的“手工艺制作时代”（而此时云南众多的茶厂正忙于生产远销苏联的红茶），从而使该厂得以把普洱茶诸多“原始”的制作工艺传承了下来，这是后来的许多普洱茶生产厂家所不具备的。勐海制“普洱茶”，既开机制先河，又保留了手工艺，在历史的更迭与变迁中，是为异数。

四

在 20 世纪 50 年代，勐海茶厂除了在“艰苦的环境”中生产茶叶外，还几乎动用了可以利用的一切力量深入各乡寨普及茶叶种植知识。我所采访过的所有老茶人，差不多都曾在乡下茶山工作过多年。如宋晓安，这个 1994 年曾因“为云南边疆的解放和建设做出了贡献”而受到省委和省政府表彰的老茶人，更是自 1959 年上布朗山，直到 1991 年退休，一直都工作在布朗山上。其间只有一次下过布朗山。1991 年下布朗山，进入勐海县城，他连路都找不到了。正是有了这些基础工作的开展，勐海茶厂才得以迅速走出“恢复期”。

1958 年，为了适应生产发展的需要，勐海茶厂向国家无息贷款 97.86 万元，在今厂址即新茶路一号大兴土木，目标是建一个亚洲第一流的制茶厂。据 87 岁的老茶工项朝福老人回忆，为了建厂，当时勐海县还专门成立了一个工程处，负责工程施工，可由于种种原因，工程处并未把一个“亚洲一流”的厂房建起来，相反却把资金耗尽了。面对这种局面，茶厂职工在唐庆阳的领导下，白天制茶，早晚或开采石头、烧红砖、削山头，或上山伐木，或自制土坯，自力更生，历尽万般苦辛，终于建起了一座年产 5 万担的崭新茶厂。新茶厂建成后，除生产常规性普洱茶外，勐海茶厂还在南糯山产红茶的基础上，响应当时“中苏友好”的号召及埃及市场的需要，把生产目标又做了一定的调整，并由中茶总公司协调，从安徽屯溪等茶厂引进了 5 名红茶技术人员，开始生产工夫红茶和分级碎红茶（此前，勐海茶厂红茶技术人员尚有从凤庆茶厂引入的 5 人及从宜良、昌江等茶厂调入的近 20 人，他们曾利用勐海优良的大叶茶资源，生产了大批量的初制红茶，然后运往杭州再加工）。

由于得天独厚的自然条件，勐海茶厂的前身之一——南糯山制茶厂曾生产出了云南的第一批红茶。时隔 20 年后，再生产红茶，依然一炮走红。《云南省茶叶进出口公司志》在介绍唐庆阳先生时有言：“对‘滇红’的创制……卓有贡献。”据 1955 年由安徽屯溪茶厂调往勐海茶厂、现年 73 岁的姚鑑清先生介绍，自 1953 年在勐海全面推广红茶技术之后，1959 年 5 月 5 日，勐海茶厂宣布成立红茶蒸制车间，姚任负责人。当时勐海县委提出“不调一匹毛茶过澜沧江”的口号，所有茶叶原料都由自己加工，结果销路很广，利润非常可观。在年终县委召开的克服困难动员大会上，勐海茶厂拿出了 10 万元人民币向会议献礼，引起了巨大的轰动。

勐海红茶，不仅在勐海走红，更重要的是，它迅速吸引了全国茶业界关注的目光。1963 年春，由中茶总公司牵头，由于寿康教授任组长，由云南外贸局、云南农业厅、浙江茶叶研究所、昆明商检局、云南省茶叶公司、广东茶叶公司、云南省茶科所、凤庆茶厂、临沧茶厂、普文农场、思茅机械厂等 12 家单位相关人员及唐庆阳为组员的分级红茶科学实验组在勐海茶厂成立，任务是总结和研究碎红茶制作工艺。科研组边总结，边研究，边推广，不仅使当年云南就产碎红茶 7129 担，而且在 1964 年春，总结推出了碎红茶优良品种“501”。“501”投入生产后，在国际市场上深受好评。与此同时，勐海茶厂红茶蒸制车间又在“501”的基础上，针对勐海气温变化的实际情况，对产茶时间做了重大调整，即改上半夜生产为下半夜生产，推出了碎红茶又一优良品种“502”。因“502”的品质更加优异，中茶总公司旋即派茶叶高级工程师黄国光前往勐海茶厂考察，并由此促成了全国碎红茶现场会议在勐海隆重召开。当时，全国知名的茶叶专家、学者、各茶厂的代表云集勐海，盛况空前。科研组写成的“502”碎红茶生产工艺总结报告也因此而得到了全面推广。

生产碎红茶，勐海茶厂代表了当时国内的最高水平。为此，在中茶总公司调拨两台日本产伊达揉茶机的基础上，勐海茶厂又相继购入了一台英制揉茶机、烘干机及杭州产、广东产、思茅产的一大批当时国内最先进的制茶机械。并扩建了一批生产车间，新招了数批职工，使勐海茶厂一跃成为云南最大的制茶基地之一。

五

20 世纪六七十年代，是勐海茶厂的稳步发展阶段。1964 年，由于中苏关系破裂，勐海茶厂的主打产品条红茶（即工夫红茶）产量锐减，但因碎红茶的产量猛增而未使总量失衡。自 1962 年拥有 1 辆吉尔 164 四吨货车后，至 1965 年又拥有了 5 辆 51 型货车，勐海茶厂沿袭多年的茶叶运输靠人背马驮的历史也随之结束了。在 20 世纪 70 年代，更是相继建起了一大批车间、仓库及各类福利设施。茶叶收购方面，在原有基础上，设立了遍及各茶区的 26 个收购点及近百个初制所，运输车辆达到了 17 辆。

"文化大革命" 10 年间，勐海茶厂仍推出了一系列被港台茶人称为"颇具典藏价值"的"文革砖茶"。现行世的"普洱砖茶"，始产于 1967 年，后又有产于 1973 年之后的"73 厚砖茶"和"7562 砖茶"，其中有的是昆明茶厂和下关茶厂所产，但采用原料均来自勐海。不过，现今可寻的实物，仍以勐海茶厂所产为最佳。

针对普洱砖茶，我曾对昆明的茶市进行过一些调研。在许多茶庄，大凡砖茶，包括后来勐海茶厂所产的"福禄寿喜砖茶"均标注出厂时间在几十年前或更早，这都是茶商们对砖茶知识了解不够所致，有的甚至是"假冒"，有蒙骗消费者之嫌，可又不见有关部门拿出相应的打击措施。以新充陈，以次充好，动辄标价上千上万元，的确已到整肃的时刻了。

由于苏联、埃及等国外市场急需碎红茶，勐海茶厂对生产结构进行了调整。20 世纪 70 年代初，我国台、港、粤地区掀起普洱茶热潮，云南方面仅靠手工制作普洱茶又难以满足市场需求。于是，关于普洱茶制作工艺的革命性调整已迫在眉睫。勐海茶厂在多年生产“云南青”的基础上，借鉴广东口岸公司河南茶厂的成功经验，经过千万次的反复实践，终于把“天然发酵”程序变成了一种人为工艺，即渥堆技术，为机械化生产普洱茶奠定了基础。

普洱茶又称“滇青茶”，对此，1974 年曾任勐海茶厂紧压车间主任兼党支部书记的曹振兴老人认为，这主要是因为人工后发酵的普洱茶前身就是“云南青”。也正是因为这样，在一大批老茶人的记忆中，勐海茶厂生产人工后发酵的普洱茶始于 1974 年。而事实上，1974 年，勐海茶厂生产的是“云南青”，也就是渥堆发酵快速陈化工艺研究成功的第二年。据现存的普洱茶实物推断，自 20 世纪 60 年代中期开始生产，到 1974 年大批量生产的“云南青”即今之“文革砖茶”，而现存的“7562 砖茶”则生产于 1975 年。“7562”代号的含义是：1975 年勐海茶厂第 6 号茶叶拼配的配方，“2”是勐海茶厂的代号。

大规模上马“普洱茶”，则是在 1975 年 6 月曹振兴、邹炳良等人考察广东河南茶厂之后。也就是说，所谓后发酵工艺的正式形成是在 1975 年年末至 1976 年年初，到 1978 年达到高峰，产量达 1.3 万担，也正是此时，勐海茶厂推出了闻名天下的品牌——“大益牌”。

与其他茶厂生产的普洱茶不同，勐海茶厂在 20 世纪 70 年代生产的普洱茶，可以说是两条腿走路：一方面仍然按照“7562 砖茶”配方生产大量的方形生茶茶品；另一方面，所产“7562 砖茶”及之后的普洱茶品，在制作上，有的使用了四五分熟茶，也就是说，既顺应了时代，又没有彻底地放弃传统工艺，但仍以生茶制普洱为主。而以四五分熟的熟茶制成的普洱茶，也因工艺独特而具备了独特的茶性，水性活泼，口感醇厚，顺喉微甜，带有淡淡的荷香。加之以第二级茶叶为原料，并掺拼了硕壮的芽头，使整块茶砖砖面呈现出金黄色，显得高贵而美观。也正是因为这样，勐海茶厂所制普洱茶才得以在港台地区享有“茶中之茶”的美誉，并与其他茶厂生产的普洱茶严格地区别开来，卓尔不群。而由于“7562砖茶”的品质优异，也导致市场上产生了大量的仿制产品，但由于假冒者不知道“7562”的含义，弄出了诸如“7560”或“8563”之类的笑话。在此，笔者不妨提醒消费者，凡署勐海茶厂生产的“7560”之类的产品，绝对是赝品，非勐海茶厂所制。

勐海茶厂于“文化大革命”时期，20世纪70年代，在勐海全县亦形成了乡级茶山6座、村级茶山61座、乡级红茶初制所7个、自然村红茶初制所57个及青毛茶初制所97个的巨大的茶叶栽培生产网络。20世纪80年代后期，勐海茶园更是以每年新增1万亩的速度递增。到1999年，不仅茶园面积攀升到18万亩，茶叶产量达6万多担，而且，在勐海茶厂的大力协助下，全县90多个重点茶区均巩固、完善和新设立了茶叶初制所。

在此大背景下，勐海茶厂亦发展成为年产茶可达7500吨，生产“大益牌”普洱茶、红茶、绿茶和压制成型茶等4个系列112个花色品种的大型茶业集团。且除“大益牌”普洱茶名扬天下外，尚有“南糯白毫”被评为全国十大名茶之一，有44个品种分获国优、部优和省优产品称号。

然而，尽管勐海茶叶产量逐年递增，可随着茶叶流通体制的改革，

勐海优质的茶叶原料不再“统购统销”，原料外流严重，从而使勐海茶厂虽置身于茶国仍受尽原料紧缺之苦。以 1990 年为例，勐海产茶 6 万多担，勐海茶厂收购了 52420 担（创建以来收购茶叶的最高纪录），可仍然无法满足生产需要。面对这种情况，勐海茶厂在县委、县政府的大力支持下，在巴达乡曼来村和布朗山乡班章村建起了万亩茶叶基地，并创建了制茶分厂，从而使原材料供应不足的问题得到了缓解。

勐海茶厂建立万亩茶叶原料基地的设想，是在 1988 年初正式酝酿出台的。同年 8 月 8 日，时任勐海茶厂厂长助理陈平等 8 人进驻布朗山；8 月 26 日，时任厂农务科副科长初康等 8 人进驻巴达，着手建园前的勘察、测量和规划设计。与此同时，来自贵州和昆明、景东、墨江、澜沧、昭通、保山等地的千余名民工浩浩荡荡开进了两座长满了茅草和荆棘的荒山野岭……在当时茶厂党委书记余正才、副厂长卢国龄的直接领导下，在厂农务科的具体指导下，经过一年多的艰苦劳作，1990 年，两个按照科学规划和栽培的茶叶基地初步建成，并部分投产。

如果说，巴达、布朗山两个茶叶基地的建成，让勐海茶厂得以把第一车间建在茶园并保证了茶厂的部分加工原料的来源，那么，1990 年，勐海县委、县政府实施的“101 茶叶基本建设工程”则从根本上保证了勐海茶厂的生产所需，并进一步确立了勐海作为云南茶都的地位。所谓 101 茶叶基本建设工程，意指在 10 年时间内，勐海将改造 10 万亩低产茶园，使之亩产达到 50 公斤。这一工程的最终落实，使得 1999 年，勐海优质茶园达到了 18.3 万亩，其中亩产 50 公斤的就有 98182 亩，全县产茶量达到了 125644 担。与此同时，覆盖全县的初制茶厂也由1990年的90个发展到了255个；茶叶品种也由以往的单一化过渡到拥有18个优良品种……

勐海县财政成为名副其实的茶叶财政。20世纪80年代中期，勐海茶厂的上缴利税竟占到了县财政的37%。而与此同时，必须提及的是勐海茶厂第三任厂长邹炳良先生，在他任职的年代，勐海茶厂缔造出前所未有的辉煌，不仅上缴利税几乎支撑起了县财政的半壁江山，而且茶厂的知名度也得到进一步的提升，职工福利也有了较大的改善。当时的勐海茶厂在云南茶叶界如日中天。

六

在勐海的那一段时光，我采访了几十位新老茶人。在这几十个人之中，我几乎找不到一个与茶决裂的人，他们的生命组成，离开了茶，就不完整。茶叶已经化为他们脉管中的血、精神世界中的意志、日常生活中的寄托。

在此，我因自己无法将他们的叙述完整地整理出来而汗颜，但我想说的是，他们的每一个言词都让我永生难忘，是他们为我打开了普洱茶的圣殿之门。我特别要提到陈燕，是他向我灌输了普洱茶的“天赐论”，并为我提供了方国瑜先生研究普洱茶的道德文章，可就在我离开勐海不久，他却与世长辞了。这个1954年来到勐海的凤庆人，曾长期担任勐海茶厂的生产计划股股长，为普洱茶及勐海茶业耗尽了自己的一生。他走了，我愿他行走的路上茶香弥漫，我愿他寄身的地方是茶叶的天堂。

到勐海

勐海茶厂的老一代茶人，除张存属于范和钧时代的“遗老”外，大多数都是在20世纪50年代初从外面调入的。他们中间，有来自四川的张文仲、胡杰等30多人；有来自安徽等地的姚鑑清等5人；有来自凤庆的唐庆阳、陈蒸、杨学仕、马图书等6人；有来自下关的曹振兴、项朝福等10余人；有来自昆明的徐家耀等5人；亦有诸如杨开当、宋晓安等本地人。可以说，他们来自四面八方。

昆明至勐海的公路是1954年修通的，而这批人的到来，却大多靠步行。或先由昆明坐车至普洱，然后步行至勐海；或由昆明坐火车到石屏，然后步行至勐海……途中耗时都在半个月左右。

在胡杰的记忆中，1952年的云南山道上还流传着种种关于抢匪的消息，可生在四川盆地的他以及其他30多个四川汉子，都怀着对“大海”的向往，踏上了云南高原。在他们的想象中，勐海是一个烟波浩渺的水乡泽国，沙鸥翔集，水天相连。可随着一步步地深入，他们才发现此行要去的地方是瘴疠之地。过澜沧江的时候，由于备战以防国民党反攻大陆，江岸上还架着一挺挺机枪。胡杰之妻赵纪华说，进勐海靠一匹马，一边的木箱子里放女儿，一边驮家什，那情景，几十年了，仿佛还在眼前。

初到勐海，茶厂都还是些破房子，街上更是连最简单的日常用品都买不到。饮食方面，天天糯米饭，吃不习惯了，只好去吃傣族人卖的猪血米线……在张文仲的记忆中，那时因疟疾流行，天天吃“奎宁”，吃得脸色发黄。

一晃几十年，赵纪华再也没回过四川老家。

1955 年 10 月，中茶总公司指定安徽公司抽调 100 名红茶技术人员支援云南，结果只来了 80 余人，80 余人中有 5 人到了勐海，姚鑑清即是其中之一。作为勐海茶厂红茶蒸制车间的早期创始人，姚鑑清共带出了徒弟 30 人左右，有傣族人，有僾尼人，有布朗族人，还有拉祜族人。由于红茶车间劳动强度不大，所以女职工居多，姚鑑清戏言自己："既当车间主任，又当妇女主任。"在被问到当前红茶技工紧俏的原因时，姚先生称："因为妇女都是 50 岁退休，所以很多徒弟，我还没退休，她们却退休了。"

与姚鑑清同样来自安徽的 5 人，现只剩下他一人了。其中有 2 人于 1956 年开小差逃跑了，有一人在 20 世纪 60 年代病逝了，另一人退休后也去世了。

普洱茶"天赐论"

已经作古的陈蒸是凤庆人，其入门学道时，学的是红茶加工。

在众多被访者中，陈蒸之于普洱茶，有较为深厚的典籍研究之功。在关于普洱茶源头的分析上，他简单直接："始于西双版纳的民间青茶，贮藏或外运，产生后发酵，是以形成特殊的茶味。"

对普洱茶的加工工序，陈蒸耳熟能详，引经据典，且认为当下的"熟普洱"生产工序，勐海也好，思茅也罢，抑或昆明、广东乃至国外，全都大同小异，没什么秘密可言。

本为自然之物，却在 20 世纪 70 年代成为一种工艺，陈蒸认为，这是对普洱茶品质的一种背叛。

为什么在异地所制的普洱茶，就没有勐海所产的品质优异？陈蒸认为，这是自然原因所决定的，而非人的意志所能左右。

勐海普洱茶，是天赐。

陈蒸一生只饮“云南青茶”，即生普洱，从不沾惹后发酵普洱茶。其理由也极简单：生普洱味浓，而熟普洱味淡。

普洱茶“自研论”

在《云南省茶叶进出口公司志·茶叶人物志》中，可以找到张文仲先生的简介。也就是说，这个1930年生于重庆铜梁的茶人，在云南茶叶界绝非等闲之辈。

张文仲先生生性耿直，词锋锐利。

关于普洱茶，张先生首先强调要分清四大茶类的基本工艺特征：“红茶是全发酵；普洱茶是后发酵；乌龙茶是半发酵；青茶是不发酵。”同时，他亦为普洱茶的基本概念定调，即“后发酵的青茶”。

曾任勐海茶厂普洱茶车间主任、厂党委副书记的张先生，把普洱茶工艺视为“国家机密”。在他任车间主任时，不是直管领导，一概不准进入普洱茶发酵室。日本等国家和中国香港等地区的代表团在1980年年初造访勐海茶厂，有时一天就得接待两批，可统统被拒于发酵室之外。在他的印象中，只在上级部门的指示和协调下，让普洱茶厂和澜沧茶厂的取经者进入过。

张文仲对后发酵工艺取之于广东之说有不同的看法。他说，那只是互相学习，而且当时勐海茶厂已经先期一年在生产人工后发酵普洱茶了。

勐海茶厂为何看上普洱茶？张文仲说，那是因20世纪60年代初，唐庆阳厂长到广西开会，见到了广西黑茶，回来后就一直想搞，可因“文化大革命”影响搁置了。直到1974年才开始试验，并由他和黄又新（《云南省茶叶进出口公司志·茶叶人物志》中有介绍）主持。11 月份，第一批勐海“黑茶”就问世了，且打入了日本市场。关于工艺，张先生认为，一切都取决于“看茶做茶”。

关于熟普洱，张文仲认为，后发酵由自然状态变为“缩短发酵周期”，是勐海茶厂之功。

普洱茶“学习论”

1975 年 6 月，曹振兴、邹炳良、侯三、蔡玉德、刀占刚 5 位勐海茶厂职工，偕同昆明茶厂的吴启英等人，前往广东口岸公司河南茶厂进行了为期半个月的参观考察。考察的项目是广东“发水茶”的工艺。

时任勐海茶厂紧压茶车间主任兼党支部书记的曹振兴，是那支考察队伍的领队。

那时，港澳台地区和广东省掀起了一股强劲的普洱茶（当时广东人称“发水茶”）消费热潮，在众多的茶楼里，人们言必称普洱。可当时内地正开展着如火如荼的“文化大革命”，云南普洱茶的生产和销售自然也被淹没在“革命”的洪流之中，产量下降。海外的普洱茶市场望断三秋，也无法得见大宗的云南普洱茶身影。广东便承袭越南合江茶厂茶方，以后发酵工艺得“普洱茶”逐市。

据曹振兴先生陈述，从广东返回勐海后，经过反反复复的试验，勐海茶厂终于把云南青茶变成了“普洱茶”，掌握了人工后发酵工艺。曹振兴先生家藏有一块 20 世纪 60 年代所产的云南青砖茶。曹先生说其乃勐海茶厂制藏销茶的试验品，但观其形，联系其生产日期，疑为“文革砖茶”，即第一批销西藏的砖茶。

同时，关于陈年普洱，曹振兴先生反对马背上遇雨发酵之说。在他看来，旧时西双版纳是瘴地，过了每年的阳历 4 月 15 日，即傣历年后，几乎没多少商人敢于涉足，往往要等到第二年的傣历年前夕，才有马帮进入。在此期间，茶已发酵，然后外运或仓储，亦可造成发酵，但绝不是因为雨水，无论任何茶，遇水就霉，这是基本常识。

曹振兴先生还称，在 20 世纪 50 年代，勐海茶厂就开始生产“七子饼茶”，这与众人所言七子饼茶产于 20 世纪 70 年代有出入。唯一的可能是，在曹先生的眼中，勐海茶厂早期的“黄印”和“绿印”均系七子饼茶范畴！

在勐海乡下

1954 年，现年 70 岁的凤庆人杨学仕，奉调来到了勐海。这个现在仍非常乐观的人，也许在当时也没想到，这一来，他就把自己的一生交给了勐海的山山水水。

和宋晓安退休时仍在布朗山稍有不同的是，1979 年，杨学仕被调回厂部基建科管理材料或账目（那时是勐海茶厂大兴土木之时）。但杨学仕仍在乡下待了整整 24 年，其中仅勐宋，他就待了 15 年，勐宋乡 83 个寨子，全都留下了他的身影，寨子里的人，他差不多都熟悉。杨学仕的妻子王玉珍，也是搞采购工作的，在 1963 至 1975 年的 12 年间，他们带着 4 个孩子住在勐宋采购点。背着孩子下寨子，或收购，或宣传，或推广技术，这对他们而言是家常便饭。在几十公里的山道上，他们总是来来往往。

20 世纪六七十年代，勐海茶厂在乡下设有收购点 26 个，采购股职工最多时达 105 人，或一人一个收购点，或二三人一个收购点，鲜叶多的收购点，人员可达 5 人。26 个收购点，条件好的、设点时间长的有房子，若是新设的，往往是带着行李，扛着一杆秤就去了。去了之后，有的住老百姓家，有的自建草坯房……

从 20 世纪 50 年代肇始的这一采购网络，初期一度覆盖了整个西双版纳地区，比如与徐家耀同样从昆明来勐海茶厂的殷汝孝，即在收茶时患水肿病，死于攸乐山茶园。在徐家耀先生的印象中，20 世纪 50 年代的勐海茶厂，到“春茶”收季，往往是每一股室留一人值班，其余的都下乡收茶。老厂长唐庆阳也总是骑一匹马，在一座座茶山和一个个收购点之间不停地来往。那时候，勐海茶厂以收购为主，加工为辅，1955 年开始生产红茶，且在曼董、曼尾、曼新设了 3 个红茶生产分厂，产品主销苏联。1957 年，由于从英国、日本以及绍兴、思茅引进一批揉茶机，每年红茶产品达到了 6000 担左右。1977 年在徐家耀先生的记忆中最为亮丽。他说，那一年，茶叶大丰收，他所在的曼董收购点，有一天就收茶近 3 万斤，而全厂有一天就收了 8 万斤，把整个厂房都堆满了。

到 1992 年元旦退休，徐家耀的一生，有 38 个年头几乎都行走在收购茶叶的路上。他说，当时在乡下，一天收茶几万斤，收到深夜，运送回厂，差不多天都亮了，但仍然接着收，不喊苦，不叫累。对现在一些年轻人的工作作风，他不以为然。最令徐家耀先生骄傲的是，经过他的手的茶叶千万，可他从没做过一次坏茶！

对在勐海茶厂当了 29 年厂长的唐庆阳先生，徐老至今仍心怀敬畏。他曾因业务分歧跟唐厂长吵过架，但他说：“老厂长不记仇，也不整人。当然，前提是，你必须踏踏实实地做事。”也许正是因为唐庆阳身上有着撼人的人格魅力，加之管理能力和业务素质出众，所以才在短短几年间，从废墟上重建起了勐海茶厂。唐庆阳被调走的时候，多少老茶人依依不舍；唐庆阳逝世的时候，上级部门本来不打算“大操大办”，可消息被茶厂职工知道后，每一个车间便自动停工，每一个职工都加入了送行的队伍之中。

退休的徐家耀给现在的厂班子提了 5 条建议：

（1）返聘技艺精湛的老茶工，并让他们有职有权，进行传、帮、带；

（2）在收购一关，务必实行严格的典章制度，杜绝吃回扣或伤农；

（3）把包装库存和调运的损耗率控制在 1‰之内；

（4）多收春茶，春茶不仅口感好，而且卖相也好，为此，要竭尽全力；

（5）在收购点，财务人员要尽量少用男同志，多用女同志，男同志容易出事。

对于在乡下收购点所历经的艰苦岁月，宋晓安无言，徐家耀坦然，杨学仕则说：“年轻时，又没病，叫去就去，心里很愉快，何况所做的事情是自己应该做的。”

桃李不言，下自成蹊。普洱茶能有“茶中之茶”的美誉，能在国际市场上“兴风作浪”，一个重要的前提是：有一大批像宋晓安、徐家耀和杨学仕这样的老茶人，他们在茶山之上，默默地奉献着自己一生中最动人的时光。

马帮小记

在 1965 年以前，勐海茶厂的茶叶调运多用马帮或牛帮。厂里设有一马帮队，职工 22 人，有牲口 101 匹，其中除一匹是母马外，其余都是骡子。22 名职工，一人搞财务，一人管伙食，剩下的 20 人则每人管 5 匹骡子。1 个赶马人和 5 头骡子，人称“一把”。

“20 把”运输马队，浩浩荡荡地开往各个收购点，又浩浩荡荡地把茶叶运回或运往外地，这在汽车业发展迅猛的今天，其景象不但不给人原始落后的感觉，相反有一种震撼，有一种我们无力把握的穿透力，让人怀念。

在当时的赶马人中，有一位名叫刘廷才，原系凤庆茶厂的赶马工，1954 年调至勐海茶厂。此人 1937 年被抓壮丁，成了国民党第六十军里的一个士兵，在越南战场抗日。1945 年，日本战败投降。可不久内战又爆发了，六十军从越南海防调往东北，刘廷才此时亦成长为曾泽生将军手下的一名炮兵班长。东北战场，国民党军队大溃败，刘廷才随曾泽生将军起义，成为解放军中的一员，且一路向南，身经百战。成都解放战结束，刘廷才所在部队被调往河北修建黄河大堤，不久，又调往东北，成为志愿军入朝鲜战场的先遣军。在朝鲜战场上，刘廷才受伤成了三等伤残，遂于 1953 年底转业至凤庆茶厂。17 年戎马生涯，刘廷才获得了 6 枚军功章。

在勐海茶厂当赶马人，刘廷才走遍了勐海茶山。可到了 1958 年，“反右运动”中，他没能幸免，且坐牢至 1988 年才平反昭雪。整整 30 年，他一直待在普文劳改农场。当获知被“平反”时，他已释然，并没有返回勐海茶厂。

与刘廷才的传奇经历相比，已经 87 岁且四世同堂的老赶马人项朝福， 则显得一生平静。87 岁了，仍一双拖鞋，手提一大茶缸，来去如风，身体好得令人羡慕。现在，他儿子都已经退休了。可他说，

1974年时，他才62岁，本来一点儿也不想退休，还想干活，但硬让退了，退休后的25年没事干，心里很空。对一些传说中的马帮历险故事，项朝福不屑一顾，他认为那是编出来的。从小就跟马在一起的项朝福几乎没遇到什么生死攸关的时刻，最大的历险是，有一次过竹桥，马驮子碰到两边的护栏，竹桥摇晃不止，有桥翻的危险，但他迅速解决了：让马停下，马驮子则由自己搬到对岸。

1964年，勐海茶厂有了一台汽车，是苏联产的“吉尔”卡车；20世纪70年代，马帮队彻底消失，项朝福在退休前当起了锅炉工。关于运茶时容易被雨水打湿并后发酵一说，项朝福老人认为那是没赶过马的人乱说的，是想象。他说，每次上路，都有避雨之物，且茶叶都用上等竹箬包扎，怎么会被雨淋？

茶山情歌

有必要讲讲勐海茶厂新一代茶人中的典型代表陈平的故事。在勐海采访时,他还是厂长助理,现在他已是勐海茶厂管生产的副厂长。

陈平，生于1966年10月4日，勐海人。1984年考入勐海县职业中学茶叶专业，1987年毕业时与另外32个同学一起分入勐海茶厂工作，先是在勐宋，后又到勐混。1988年8月8日，上了布朗山。1995年布朗山分厂建成投产，1998年任分厂副厂长，1999年任分厂厂长至今（兼）。

在布朗山，从1988年开始至1999年12月奉调回勐海，陈平待了12年。初上布朗山时，没有女同志，8个人，除岩班年纪稍大外，其他都是年轻人。那时的布朗山基地，除了带刺的茅草外，其他植物还是茅草，它们盘根错节，把一万亩土地牢牢地连成一体。勘察时，年轻人没有被吓倒；修路时，年轻人没有退缩；民工进来，要把一万亩土地深翻一次，将其厚厚的草根层剥掉，年轻人也没有选择离开……

布朗山雨量充沛，尤其是雨季，雨水的来临，仿佛是天漏天裂。大雨毁了去县乡的公路，经常把 8 个茶人困在一座“孤岛”上。这种时候下山或去乡里，都得走 5 个小时；去县里，得走 5 个小时到勐混，然后再坐车。基地没有日用品，所以他们每次外出，都要带足可用 3 个月左右的各种食品和日常用品。有时，厂里的运输车上不了布朗山，没粮食了，他们还得去拉祜族寨子购买。有时候，与四周失去联系，每顿饭都是用盐巴泡了吃，外带一个辣椒；丢了的猪皮，又捡回来，烧了吃。香烟是奢侈品，抽光了，就在房子里或者茶园的路边去找烟头收集在一起，用电炉烤干，裹起来，再抽。

在 1992 年布朗山基地通电之前，他们总是天一黑就睡觉，没任何娱乐，群山之间，一座小房子，那空旷、那荒凉、那寂寞，让人心颤。那时山上还有野兽出没，特别是老熊。由于封闭，附近的拉祜族人见到他们就躲开了，懂汉话的人更是少之又少。拉祜族人当时的牛畜还保持着放养的习惯，像野兽一样，要用时或者宰杀时，才把盐巴放到其出没的地方，让其吃，使其吃惯了，然后才哄回去。有时，若是要宰杀，纯粹用枪击杀，与对待野兽没什么两样。

这些牛，常跑到陈平他们住的小屋周围来，晚上拱门，常被疑为熊，吓得他们不敢呼吸。刚来的时候，布朗山基地没有房子，什么都没有。陈平及他的同事都住在几里路之外的班章村，后有了一间油毛毡加草的小房子，后又有了油毛毡加竹篱的房子，1992 年才正式建起水泥厂房及办公楼。

1990 年，一个叫仓凡和另一个叫杨学丽的女孩踏上了布朗山，尤其是仓凡的到来，改变了陈平的一生。在今天看来，当时的布朗山“八君子”，仍留在布朗山的只剩下了两人，即陈平与岩班，其他人或调走，或辞职。如果没有仓凡，陈平又会怎样，我们不得而知。

仓凡上山，既是仓库管理员，又是小卖部的售货员，她和陈平所住的油毛毡房，中间只隔着一层油毛毡，平常睡觉，呼吸的声音或者翻个身都听得见。没事的时候，两人就隔着一层油毛毡吹牛，渐渐地就好上了。次年，仓凡被调往 45 公里外的曼恩，两人鸿雁传情，书信频频。1992 年，陈平和仓凡两个新一代茶人组成了家庭，可由于一个在布朗山，一个在曼恩，厂里分给他们的 10 平方米的洞房一直空着，几乎都没去住过。

在基层滚打了 12 年，陈平掌握了一身制作各种精品茶的好技艺。加之有管理经验，其负责的分厂从未出现过亏损，而且他对茶痴迷如初，所以深受厂部器重，后不仅分管布朗山，还分管了巴达和南糯山两个基地。勐海三大茶山都由其分管，成了名副其实的“山大王”。

七

在中国茶文化史上，有源于宋代的“茶禅一味”之说，此乃禅僧圆悟克勤手书赠送日本弟子的四字真诀。所谓“禅味”，意指梵我合一的世界观，禅定的解脱方式，以及以心传心，不立文字的认识方法；所谓“茶味”则指茶之苦涩味，引申为汲泉试茗时，用心灵去感知茶之冲和、茶之幽远和茶之清韵。

如果说，禅与茶是一味，冥冥之中，我们又何尝不能将勐海茶厂的一系列“苦涩味”引申开去？何况作为勐海茶厂的“禅”，梵我合一也罢，禅定也好，其优异的茶品即是解脱，即是对世界的“不立文字的认识方法”。

时任中共勐海县委书记的胡志寿先生说，勐海是茶叶的故乡，勐海茶厂是一个创办了60年的制茶企业，茶叶是勐海人民增收的主要渠道。这些都说明，茶叶在勐海的政治经济和社会生活中，扮演着非常重要的角色。勐海所产的普洱茶，以民间方式流行于世，可以说以千年计，而以规模化占领市场，也有60多年的时间了。为此，在以普洱茶逐鹿茶叶市场，勐海县委、县政府的立场是：花最大的力气，各级党委和政府以及全社会都要全力以赴，捍卫普洱茶的声誉，并且在相当一段时间内，勐海县绝不搞重复投资，不再审批上马新的精品茶厂，要上项目，也必须围绕勐海茶厂来开展工作，以普洱茶带动勐海茶业的健康发展。

在我采访胡志寿书记后不久，云南一家著名的媒体上登载了一篇名为《云南茶，放心喝》的文章。文章称：“从2000年7月1日起，欧盟各国将对其上市茶叶的农药残留量执行新的标准，即要求茶叶的农药残留量比原标准低99%。为此，国家有关部门对全国茶叶进行抽样检查，结果表明，我国茶叶有95%达标，而云南茶叶农药的残留量为全国最低。”这一则文章印证了胡志寿先生之言：“勐海茶园，不施化肥，不用农药，是真正的绿色食品。”勐海茶厂生产的茶叶已获得环境保护部颁发的“有机食品”证书及农业部绿色食品发展中心颁发的“绿色食品”证书，发展空间无比巨大。

勐海茶厂续记

一

20年前，我曾写过一篇《勐海茶厂记》，由辟山开路的20世纪30年代末期的建厂写到90年代末期的经营困境与思想突围。茶厂的历史一如家国史，旋律起伏跌宕，剧情云谲波诡，人物替换无常，欣欣然，寂寂然。所涉人物中，有范和钧、白孟愚、唐庆阳这样进入茶界传说的旗手，有张石诚、张文仲和陈蒸这样的股肱之臣，也有张存、宋晓安、徐家耀这样卖命于山野的底层员工。文章之所以钩沉辑佚，执迷于史实再现，释真辨讹，以古励今，都是因为当时的普洱茶和勐海茶厂尚沉浸在团团迷雾之中、茫茫波涛之下，识者无多，有必要进行大幅量的介绍与解惑，力所能及地为普洱茶文化学埋下一些坚固的基石。当时有关普洱茶的研究还不是显学，第一手资料的寻访、查找、采集，耗时费劲，令我屡生退避之意，但一代代隐身滇土的茶人高古而又无助的生存境遇又“迫使”我坚持了下来，并最终完成了辑入《勐海茶厂记》一文的《普洱茶记》一书的写作。此书大益于普洱茶传播的一面姑且不谈，因为之后普洱茶空前热烈时我已淡出茶界，无心与人围着茶案分享水黄金。遗憾的是，的确是因为写作该书时可资引用的资料有限，该书少许地方也存在以讹传讹之处，比如某某茶人所言及的香港某某茶楼曾藏有不少的普洱茶陈茶，皆为珍品，我亦信以为真，在书中做了介绍。可经后来用心颇深的茶人到香港查证，此茶楼子虚乌有，乃是销售陈年普洱茶的人为了讲故事而凭空炮制，是一座虚拟出来的茶楼，实在是不知说什么为好，自己被误，难说也误了不少的读者，心上至今压着一块羞耻的恶石。

后来出现的有关勐海茶厂的研究文字可谓汗牛充栋，内容涉及建厂时技术人员的南渡与茶厂的突然出现和突然歇止、早期茶品的介绍与辨识、茶厂的重建与茶园辟建、茶人传奇、普洱熟茶的研发及技术理论争辩、大益单品珍稀之茶的制作与炒作、茶厂改制、以勐海茶厂“大益”品牌作为企业名称的大益集团成立、大益茶品原料构成与技术分析、与众不同的大益系列产品的品饮方式、大益茶制作技艺入列第二批国家级非物质文化遗产保护名录、大益茶道院、大益爱心基金、大益微生物研发中心、第三代智能发酵技术——微生物制茶法制作而成的“益原素（A 方）”产品上市……事无巨细，茶无遗漏。凡是勐海茶厂或说大益集团的一言一行，无一不被众多茶人所追猎，无一缺失在芳香四溢的茶文章中间。只要该厂推出新品，或每年的传统名品入市，都会引发抢购、囤储和二手交易的风潮；建在天边僻壤的大益博物馆，一如山中的茶王树，俨然已是一批批茶人的朝圣之所，鞠躬的，磕头的，祭祀的，求知的，寻找商机的，开眼界的，了却心愿的，各色人等纷至沓来；全方位呈现普洱茶生成过程的大益庄园也成为西双版纳最著名的旅游景点之一，每天都游客不断，人人都想借此一游而洞见普洱茶的天机与玄妙。如此盛况，在中国的茶叶史上，也堪称奇观或神话，同时也说明，勐海茶厂无疑已经成为普洱茶的精神象征或说灵魂，成为普洱茶制作与交易的风向标。

一座茶厂能达到如此境界，自然与其文化底蕴、制茶技术和原料资源分不开，也与其所在地西双版纳丰富神奇的民族文化、得天独厚的自然环境和云南南方古老的茶文化传统息息相关。同时，当我们回归理性，认真地去寻察勐海茶厂及其普洱茶的完整的或支离破碎的历史踪迹，不难发现，普洱茶虽然在清朝时期有过“京师尤重之”的被恩许的一刻，但在漫长而又玄机重重的茶叶史上，因为文化差异、品饮习惯、交通阻隔、制作工艺有别、缺少主流文化支撑和贸易方式低端化等因素的影响，它始终是被遮蔽的、未经发现的、不被接纳的，甚至是被遗忘的。也许除了少数人知道它的存在，或在局部地区的普罗大众中只是被当成茶叶的一种，根本不可能将其作为“普洱茶”而单列出来，它的身份和文化合法性是没有得到公认的，茶叶的公共空间内它的身影一直缺席，是隐身的、匿名的。唯其如此，它作为一种现象，一种惊人的发现，甚至于当勐海茶厂、宋聘号、可以兴号、杨聘号等众多茶厂茶庄在隐身时期所制作的茶品，因为“越陈越香”理论的导引而被广泛查寻。当一些茶厂和手工作坊的经典化产品、山头化精品、老树茶品、单株孤品和署名“生态产品”的一系列普洱茶大行于市时，当许多早已消失的老茶庄品牌又被其后人或茶商注册后纷纷重新开张并受到世人认可或误认时，我们或许可以找到2000年以来普洱茶在市场上横空出世、引领茶饮风尚和市场交易的10个原因：（一）普洱茶具有的巨大商机被发现，各级政府、茶企和茶人共同注力，使其产业空前扩大。（二）古茶树、大叶种茶叶优异的品质被认可。（三）生态恶化，化肥农药施放无度导致某些传统品牌茶叶质量下滑，而普洱茶给品茶者带来了福音与安慰。（四）“越陈越香”的普洱茶核心理论和“茶马古道”传说深入人心，构建了普洱茶在所有茶品中异质化的非凡的唯一性和排他性。（五）云南多民族的神秘的泛神论文明，满足了带有浓

厚文化人类学学术倾向的一批消费者的胃口，而这些消费者形成了庞大的普洱茶代言人群体。（六）普洱茶远在天边的茶山文化、茶叶和茶树被赋予的神性与人性、制茶人天生的和杜撰的“传说”激活了普通消费者的猎奇天性，而普洱茶的质地又具有一饮成瘾的征服性。有部分茶人不爱普洱茶，爱上的乃是普洱茶众茶山瑰丽的，快活的，苍茫的，现场性的，即时性的，无始无终的，处处是神灵的，超脱时空的，迷信的，意外的等等神奇元素组合而成的茶山文化。（七）勐海茶厂的创始人范和钧系出茶叶界的名门正派，让一些溯源寻根者和别有心裁者，看到了茶典中普洱茶并非旁门左道的事实。（八）作为现代普洱茶的灵魂，勐海茶厂史上和现代生产的茶品一直具有经典化品质，市场基础一经建立便具备长远性。（九）众多媒体人和文化人大量介入了普洱茶文化的创造与理论纷争，助推了普洱茶入手、入户、入心、入迷的快速发展进程。（十）一些港台茶人或正或玄的普洱茶理论、制茶工艺、品饮技艺和商业模式，促成了普洱茶整体性的观念改良，于饮于商均形成了为众人所接受的方法论。

以上十因，尚有众因未入，在此不赘，让遗憾由能读到此书的人去补充和化释。十因之中，如果我们认为2000年是普洱茶由隐身到现身的一个概念性的时间节点，理性地分析，不是其他九因不重要，是非常重要，但我还是认为勐海茶厂的存在仍然是普洱茶得以形成燎原之势的主因，没有其扮演旗帜性角色，没有其在乱云飞渡、舆论环境失常、消费观念走神的大背景下岿然不动，稳步提升顺应时代的技术实绩与制企模式的领军风范，没有其产品作为行业标杆的信念与实绩，在一次次的理论与市场的日常性危机中，普洱茶的命运仅靠其他九因和相关机构及茶人的危机公关，我认为其局面是难以控制或预料的。这样的观念，显然难以说服某些优秀的茶企和茶人，在自我独立和夸大的普洱茶领域，人们很容易以自我为中心并排除行业利益，傲慢与偏见已经是普洱茶之所以迷醉人心的另一个法宝。个性，旁逸斜出，自我成就，从来就不是秘闻，所谓太阳底下并无新事。但当你真的置身于大局，思考大局，为大局谋，拥戴一面行业旗帜或另制一面旗帜，拜一座行业之山或另造一座山，永远都是不二的正道。事实胜于雄辩。

二

到各地去，茶桌上，酒桌上，会议桌上，常常有人问：“知道你对普洱茶有研究，能否介绍一下，推荐一个茶品？”开始那些年，我乐此不疲，滔滔不绝，从茶山和茶人讲到茶品，古六大茶山、江外六大茶山、老茶坊、普洱茶陈茶和新的经典产品、普洱茶的优势、传说中的普洱茶与显微镜下的普洱茶……话题宏大又细致入微，试图将自己所知道的有关普洱茶的知识都告知感兴趣的人，花销的口沫不知有几吨了。后来，发现这些感兴趣的人无外乎两类：一类是广泛采集了有关普洱茶的诸多江湖理论，云里雾里，需要确认；另一类则的确是对普洱茶感兴趣却又一无所知者。跟他们讲普洱茶实在是一件费劲的事：前者疑心重重，频频提出你根本不关心的玄理邪说；后者你讲什么他都没有概念，但肚子里的那颗好奇心又令他不靠谱的问题一个接着一个。于是，凡在人前，议及普洱茶，问及买什么茶品好，管他前者后者，我一律只有一句话：“买勐海茶厂的大益牌产品吧！”一位东北的作家朋友的侄儿发誓要当优秀作家，写出来的第一本长篇小说，讲的就是普洱茶，而且贯穿故事的主脉就是大陆之外的那一整套玄乎其玄的普洱茶理论。朋友推荐给我，让我提意见，尤其是关于普洱茶的那些内容。我一看便很茫然，不知道意见怎么提，只好说这位侄儿作家所写的内容我也闹不明白，要不让他读读吴远之所著的《大益八式》、大益茶道院编著的《大益普洱茶品鉴技巧》和茶人徐亚和先生所著的系列普洱茶著作吧。产品和理论，我都推荐勐海茶厂和大益牌，当然不仅仅只是为了省心、节力、不犯错，主要的原因还是为了推广常识与公知，让常识与公知尽可能地去覆盖极端的貌似神奇的惊心动魄的某些普洱茶理论。茶叶，无论绿茶红茶白茶黑茶，还是普洱茶，终归只是茶。饮品，商品，让它罩上皇帝的新衣它仍然是茶，不会变成玉玺。极端的玄乎之说行世，而常识与公知被覆盖，那就不是正常的，也没有学术和公理意义上的合法性。至于那些掌握了普洱茶幽微，别趣盎然，对茶山了如指掌，专心于山头茶品一丝一毫之别的茶中君子，话题就可以另外展开，不在此多说。说了，也是说癖，一如说有洁癖的倪云林笔底下画幅中越来越少的美学符号，以及最终的无世的寂静。

我无意减损 2004 年 10 月博闻公司入主勐海茶厂完成企业全面改制之前茶厂的一切功绩，不同的时代，不同的企业管理制度和不同的经营理念，不同的市场格局和不同的茶文化氛围，催生出来的社会效益和经济效益是永远也不可能画等号的。而且，我坚信在范和钧时代、唐庆阳时代乃至之后历任厂长的时代，他们为茶厂所付出的心力与人力一定不比大益集团时代的人们付出少，甚至更多。范和钧创厂，唐庆阳恢复重建、渥堆技术的发明、邹炳良改制、阮殿蓉致力于文化建设和多种渠道经营……任何一个时期，任何一批人所做的工作均是必不可少的勐海茶厂金字塔般的历史上运送与镶砌巨石的基础性工作，缺少了谁，都谈不上文化底蕴和技术人才的积累。但现实又极端的残酷，之前的历史上尽管也曾有业绩辉煌之时，一些在企业困局中生产的茶品比如“大白菜”这样的天价茶，甚至成为普洱茶界以经济杠杆衡定的巅峰茶品，可就总体上企业的品牌塑造、企业的社会效益和经济效益的大幅提升和企业的现实经营与未来发展布局等元素而言，勐海茶厂得以扶摇直上、誉满天下的黄金时代，还是在博闻公司入主和大益集团成立之后。

“大益集团阶段性的战略目标，就是在时机来临时，与立顿公司打一场世界性的茶叶之战！”这句话出自大益集团董事长吴远之之口，时间是2006年左右的某一天，地点是大益博物馆。当时我正在为写作《八山记》一书做田野调查，从布朗山回到勐海县城，前去拜访他。我们坐在大益馆当时悬挂着的一幅描绘辽阔海面上狂浪翻卷的巨幅油画下，话题涉及茶山史、厂史、企业改制、手工作坊、普洱茶理论建构、技术传承的改良、企业文化与边地民族文化融合、普洱茶的原料保证、普洱茶的世界性视野、市场的世界性、茶叶作为饮品的终极可能性、企业战略和科技探求、普洱茶真正的价值所在和大益集团的可行性使命等等。在与茶山上的茶人或茶农交谈时，话题一般都是如何保证茶叶原料的质量、如何做出好茶和以什么方式把茶叶卖出去。话题越小，获得的知识越多，也更准确。可吴远之乐于谈论的话题，每一个都是宏大的，随时都意在对话题中的主题边界进行拓展，我们不仅置身在了辽阔大海的远航船舰之上，而且还置身在了茶山之巅。他带来的话题性冲击与震撼、茶叶行业的

创世纪启示和作为一个具有雄心与胆识的企业家所表现出来的睿智，是我之前与之后的茶山经历中所未曾领教过的。不是他对小的话题没有兴趣，而是他认为那是常识，那是企业管理与营销以及科技手段固本鼎新就可以保证的企业常态，也是任何一个手工作坊和茶叶企业只要认真恪守行业律法就可以做到的。勐海茶厂如果还为此所困、为此大动干戈，那就意味着放弃整个世界而面对一个地球仪发呆和发狂。更为重要的是，在他看来，茶叶企业兴盛，核心在于管理者应当满怀善意地去规划并实施这些规划。十多年时间过去，我仍然记得他说：“不能打败立顿，那就意味着失败！”说这话时他一脸喜悦，流露的是坚韧的气质与信心，那张脸受到的是内心精神的照耀，而不仅仅是一时的热血鼎沸所致。对勐海茶厂是否将立顿视为假想敌、什么时候打那场蓝图中的茶叶世界之战和谁胜谁负这样的问题，我其实并没有什么兴致，我也相信吴远之的内心也是排斥“战争”的。他如此说，肯定只是为大益集团或勐海茶厂设置一个阶段性的现实标的，并由此在构建普洱茶帝国的进程中责令企业完成一场貌似世界大战即将爆发前的“军备竞赛”和理想改良。

对普洱茶的时间概念和珍稀老茶有所研究的人都知道，成就勐海茶厂行业地位的市场上尚有少量流通的该厂产品主要有以下这些：创制于20世纪50年代初期的中茶牌红印圆茶和甲级绿印圆茶；20世纪50年代末期的黄印圆茶；生产于60年代和70年代的黄印七子饼、大蓝印七子饼、红带七子饼、7542七子饼茶；同期的“文革砖茶”，73厚砖，7562砖茶，普洱方茶；生产于70年代末80年代初的73青饼；生产于80年代中期的雪印青饼、7532御赏饼；生产于1988年到1992年的88青饼；1989年“大益牌”正式注册后生产的大益七子饼；1996 至 1997 年生产的橙印七子饼；乃至之后的“大白菜”和“孔雀饼”等等。它们或因品质卓绝，或因奇货可居，或因产品在行业领域内的开创性地位，或因特殊的商业与品饮特质而成为普洱茶市场上神话般的物质存在，被称之为可以品饮的“古董”，价格之高，令人咋舌，非常人可以染喉。但话又说回来，站在吴远之及其同仁的角度去看，以上老茶及诸多未被提及的老茶，它们在精神层面上具有过去时并为普洱茶的未来时奠定了基础，仿佛一座座纪念碑，可它们终究不是现在最急需着手的工程建设的蓝图、原材料和普洱茶的生长殿本身。一个老牌的有着光华灼灼的历史但又行将被市场浪潮所颠覆的国有企业，如果再没有强大的资本介入，没有科学的治企理念与开放性的思想元素为之施洗，没有为市场所期待的产品复活与源源不断的新作品诞生，一切都将是空谈。什么金字招牌、精神象征和入列文化遗产的技艺，全都会像无人的生产车间一样布满了尘垢。所以，当“军备竞赛”启幕，大益集团旗下的勐海茶厂在屡遭众多茶客乃至各种机构不信任的背景下，承故革新，继续保质保量推出经典产品的同时，以传统茶产品和袋泡茶产品两大体系作框架，洞见消费者心理与需求，准确预察饮品市场发展趋势，引入国内国际行业顶端研发技术，在管理与技术实现重大革新的平台上，持续推出了令人既能充分品尝“勐海味”又能敏锐发现产品质量升华的经典系列、臻品系列、皇茶系列和大师系列四大生熟相配的产品群，让勐海茶厂得以从市场竞争的低谷很快又回到了浪峰之上。经典系列中的 7532 青饼、大益甲级沱茶、7742 青饼、7542 青饼、8542 青饼、笋壳青砖、8582 青饼、普知味青饼、7632 熟饼、7262 熟饼、7562 熟砖、7572 熟饼、普知味熟饼、V93 熟沱和 7592

熟饼等产品继续受到识者追捧和新茶客的认可，它们是勐海茶厂最坚实的市场基石。臻品系列茶品，原料采自普洱茶核心产区的著名茶山，比如布朗山、易武山之类，是大益集团倾力打造的具有地理标识的个性化高端产品，其中的巴达高山有机茶饼、勐海之春青饼、熊猫沱茶、银孔雀青饼、勐宋沱茶、高山韵象青饼、灵蛇献宝青饼、易武正山青饼、勐海之星熟饼、五子登科熟饼、丹青熟饼、大益之恋系列熟饼、老茶头普砖、红妆系列熟饼、红韵圆茶和巴达高山熟砖等产品的出场，则一改普洱茶的“普世”和民间形象，霸道而又自信地拉响了新生的中产阶级消费群体的门环并登堂入室。普洱茶在清朝时期曾作为贡品，“京师尤重之”，其皇茶身份却因为之后的颠沛流离和隐身滇土而丧失，它能否重新振作皇家气象，再次成为中国茶文化传统中的扛鼎之作，洗尽纤尘拔地而起，一直是一代代普洱茶人为之呕心沥血的伟大事业。勐海茶厂遂精选著名茶山中的优秀茶菁，令其自然醇化，配之大益独特的研配和发酵技术，精心打造了卓尔不凡的皇茶系列。其中的宫廷青饼、女儿贡饼、白针贡饼、金色大益开元青饼、龙印青饼、宫廷熟饼、金针白莲熟饼、龙柱圆茶（熟）和金色大益开元熟饼等产品一经问世，便被人们视为当下普洱茶大宗产品中的质量标杆，成为藏家和高端消费者的首选。大师序列内勐海茶厂生产的 4 款辛亥百年纪念茶江山美人、百年回甘、黄河青山和巍峨中山，则因为其选料于纯正的古茶树，自然醇化时间久长，品质维度高远，制作工艺一流，凝集了大益 70 多年的制茶历史工艺和文化内涵，乃是茶中之茶，得饮者少之又少。笔者一度与大益集团首任勐海茶厂厂长施阳先生联系，希望能得一而珍藏，也未能遂愿，甚是遗憾。在袋泡茶的产品体系中，这些年来，勐海茶厂亦持续推出了经典生茶、经典熟茶、特选六年生茶、特选巴达、特选布朗、荷叶普洱、陈皮普洱、玫瑰普洱和菊花普洱等产品，为旅行者和女性消费群体所推崇。

有了以上承典、出新、创先的两大体系四大系列茶品，勐海茶厂乃至整个普洱茶行业其实也就有了放之四海而获誉的品牌性产品。它们的说服力、征服力、覆盖性，远非某些品质卓绝的作坊极品茶所能比拟，也不是一些茶人异质化的真知灼见和极端个人化的吃茶之癖引导出来的茶叶理论所能诟病的，人都有商山梦、南山梦、桃源梦、辋川梦、西奈山梦、须弥山梦、老班章梦、薄荷塘梦、冰岛梦、昔归梦，能抵达乌托邦者少之又少，而勐海茶厂却给人们提供了可以实现的异托邦梦，它理想融入现实，现实又具有梦幻性，无形之中将江内和江外的众茶山变成了佛陀的茶园、勐巴拉娜西、不足不沙、司岗里、司杰卓密这样的人间理想国，这应该是人间的一场幸事。而勐海茶厂于此期间，也由前景式微的状态一变而成勐海众多茶企，乃至西双版纳或云南省所有普洱茶企业中的“龙头”或说导航者。所以，在我走山的这些年里，凡遇上诟病勐海茶厂者我都乐于以理化之，特别是在勐海县，无论是遇上官员、茶农、隐士，还是遇上来自世界各地的形形色色的茶商和茶叶理论家，我乐于与之讨论的，绝不仅仅只是勐海茶厂每年给当地政府提供了多少亿的税收，而是勐海茶厂之于普洱茶从业人员来说，无异于广受祭拜的茶树王之于众茶山，如果它营养不良了，它受虫灾了，人们理应为之消灾免难，使之郁郁葱葱，长久地充满活力，始终意味着象征，而不是挥动斧头去砍伐它，烧毁它。“伟大的品牌引领我们前进”，这是工商文明时代的真理。

三

很久未遇吴远之了，很多次在昆明或去勐海茶厂，我给他电话，他都在韩国、日本或北京、西安或其他什么地方。我们曾构想做一次以“饮品世界与普洱茶”为核心的深度对话，我草拟了一份详细的对话提纲，最终因为他的奔忙至今没有实施。而在此期间，大益集团也由茶品研发扩大到集饮食、紫砂、茶山旅游、科研和茶道传习等等为一体的综合性集团。曾担任过大益集团首任勐海茶厂厂长的施阳，我们相交 20 多年，品茶、饮酒、习字，互相引为知己。他之于普洱茶的迷醉远胜于我，我之前迷茶，非某山某人所制的茶不饮，旅途中总是随身带着有准确“出处”的茶品，后来却不再坚持，能饮则饮，只要能从次品中饮出好来，就心满意足了。而他 20 多年不变，仍然一心一意地认准某几款茶，以“大益八式”的品饮范式开始自己每一天的生活，是我所见的茶饮者中间的奇迹。我常想，长期在高冷的境界与仪式中品饮，清则清矣，敬则敬矣，寂则寂矣，但会不会有无趣和失神的时候？尽管无趣、无味、失神乃是生的真谛。可随着宜兴紫砂项目的上马，施阳也去了江南，联系少了，不再与我谈及勐海茶厂的诸多事务。曾在勐海茶厂负责茶品研发的李文华兄，是我见识过的除了徐亚和、彭哲和邓艳波之外最沉迷于普洱茶道的人，其研发“味最酽”和“天上攸乐”这两款勐海茶厂的普洱茶精品时，我们论茶忘形、忘时，不亦快哉，可他离开勐海茶厂另辟茶厂后也就失踪了一样，没有了往来。勐海茶厂现任负责人曾新

生倒是我这几年去勐海做田野调查必须拜访的人之一，良好的教育、前瞻性的思维方式、踏实的工作风格，以及他身上散发出来的勃勃生机，与之每一次进厂参观和坐席交流，我都能受益良多。重要的是，与之交往或交流，你才会发现，现在的勐海茶厂真的脱胎换骨了，尽管四周的青山不变，茶厂的地址不变。

大益茶道院编著，中国书店出版社 2013 年 10 月出版的《大益普洱茶品鉴技巧》一书中，把产地价值、工艺价值和年份价值认定为大益普洱茶核心价值体系的三个元素。这三个元素其实意味着的就是澜沧江流域神圣的茶叶故乡、茶品由祭品发展到商品的古老制作仪典与技艺及其茶叶从澜沧江向整个世界流布的艰辛旅程、独特的排他的普洱茶茶叶理论观等宏大的茶叶史和茶叶文化人类学的立体画卷。2018 年冬天，我重走南糯山、布朗山、巴达山、关双山、勐宋山和曼糯山，与众多的茶农交谈，当他们谈及制茶历史和手艺来历，大多数人都会说某某年勐海茶厂开始到寨子里来收茶、某某年勐海茶厂初制所的某某收购人员教他们杀青，无一不将勐海茶厂视为“正宗”，也无一不以勐海茶厂收购自己的茶叶原料为傲。即使是“王先号”的继承者、手工优秀茶人“茶农王二”，言及勐海茶厂及施阳，自身的傲慢也会顿时减弱，也从不用其制作的“古六大茶山”套茶与勐海茶厂的茶品做比较。非说不可，只会说大众与小众趣味上的差异，或说高速公路与松树林中的小径之间的差别。茶人陈剑和王斌，以易武山为基地，苦心经营，创作的茶品我情有独钟，我们议及勐海茶厂，他们无一不认为法道各有向度，口味各有喜好，饮自己的茶知自己之心，可饮大益茶能识道之广大。在帕沙的一位茶农家里，我亲自见到一位外省茶商来收购茶叶，提了几个似是而非的问题，主人干脆告诉茶商："你去其他人家买茶吧，我这茶要留给勐海茶厂的。"而那茶商听此一说，不再提问题，也不压价，掏钱买走了茶叶，临走还交代茶农，明年春天他还来，这些谷花茶先带走，明年要买明前春。这样的例子也许不能说明什么问题，我想说的是，有此相信勐海茶厂的信誉与品牌的茶山与茶农做靠山，与立顿公司打不打一场茶叶世界战争真的不重要。重要的是在云南通往世界的茶叶正道上，勐海茶厂得天、地、人三势，得茶叶故乡为基地，文化战争已经赢了下来，产品之争，只要继续行走在正道上，不争，也是赢定了的。如果某一天遇上吴远之，我也不会再谈茶山与茶农，只想做一个倾听者，泡一壶益原素（A方）茶品，听他谈大益微生物研发中心最新的创研成果，以及大益集团异地布局的最新精神景观。

图书在版编目（CIP）数据

茶神在山上：勐海普洱茶记 / 雷平阳著. -- 昆明：云南人民出版社，2020.6
ISBN 978-7-222-19065-8

Ⅰ. ①茶… Ⅱ. ①雷… Ⅲ. ①散文集—中国—当代 Ⅳ. ①I267

中国版本图书馆CIP数据核字(2019)第285795号

茶神在山上—— 勐海普洱茶记

雷平阳 著

出 版 人：赵石定 **组 稿：**陈浩东
责任编辑：熊 凌 **助理编辑：**苏 娅
装帧设计：马 滨 **图片摄影：**许云华
责任校对：吴 虹 雷 迪 **责任印制：**马文杰

云南人民出版社微信公众号

出版 云南出版集团 云南人民出版社
发行 云南人民出版社
社址 昆明市环城西路609号
邮编 650034
网址 www.ynpph.com.cn
E-mail ynrms@sina.com
开本 720mm×1020mm 1/16
印张 16.75
字数 220千字
版次 2020年6月第1版第1次印刷
印刷 昆明合骧琳彩印包装有限责任公司
书号 ISBN 978-7-222-19065-8
定价 110.00元

如需购买图书、反馈意见，请与我社联系
总编室：0871-64109126 发行部：0871-64108507
审校部：0871-64164626 印制部：0871-64191534